Maffe meiden
4ever maf

Van Mirjam Mous zijn ook verschenen:
Maffe meiden
Maffe meiden – Maffer dan ooit
De StrandTent 1
De StrandTent 2
De StrandTent 3
De StrandTent 4
De StrandTent 5
De zomer van Fay en Marscha (bundeling van
De StrandTent 1 & 2)

Mirjam Mous

Maffe meiden
4ever maf

Van Holkema & Warendorf

ISBN 978 90 475 0833 5
NUR 283

Drie verhalen uit dit boek werden eerder gepubliceerd in het tijdschrift
Tina, weekblad voor meiden van 9 t/m 13 jaar.
www.tina.nl

© 2009 Uitgeverij Van Holkema & Warendorf,
Unieboek BV, Postbus 97, 3990 DB Houten

www.unieboek.nl
www.mirjammous.nl

Tekst: Mirjam Mous
Illustraties: Samantha Loman
Vormgeving omslag: Petra Gerritsen
Zetwerk binnenwerk: ZetSpiegel, Best

De Tedmobile

De schoolkantine was bomvol. Ik rekte mijn hals en zocht naar een vrij plekje, maar alle stoelen waren bezet.

'Dat wordt de hele pauze staan,' mopperde ik tegen Teddie. Ze grinnikte. 'Voor jou wel, ja.'

Zelf hoeft Teddie nooit te staan. Ze heeft haar eigen stoel altijd bij zich. Een rolstoel om precies te zijn, want ze is al vanaf haar geboorte verlamd. Ze noemt hem de Tedmobile – naar de Batmobile van Batman. Teddie is namelijk verslaafd aan actiefilms en zou het liefst de eerste stuntvrouw op wielen worden.

'Haha.' Ik probeerde het bankje bij de koffieautomaat te checken. Weinig kans. Een heleboel leerlingen versperden mijn uitzicht. Ik herkende de rug van Lars, de dikke billen van Ineke en het achterhoofd van Wesley. Het leek wel alsof onze hele klas zich in het koffiehoekje had verzameld!

'Wat staan ze daar nou allemaal te doen?' vroeg ik verbaasd.

'Geen idee.' Teddie keerde haar Tedmobile. 'Kom op, we gaan kijken.'

Ik liep nieuwsgierig achter haar aan.

'Mag ik er even langs?' riep ze met het volume van een megafoon.

Soms is een rolstoel best handig; iedereen ging meteen op

5

zij. Behalve Jessica, het megakreng van onze school, en dus reed Teddie bijna over haar tenen.

'Sukkel!' gilde Jessica. 'Mijn nieuwe schoenen!'

Ik vond het eerder martelwerktuigen. Jessica leek net een steltloper uit het circus. Als ik alleen maar naar haar hakken kéék, werd ik al duizelig.

'Maud.' Teddie gaf een rukje aan mijn mouw en knikte naar de muur.

Toen zag ik het grote affiche pas: BUURTHUIS BROUWERS ORGANISEERT SPANNENDE DROPPING. DOE MEE EN MAAK KANS OP EEN FANTASTISCHE PRIJS. TWEE DEELNEMERS PER TEAM. IEDEREEN IS WELKOM.

'Gaaf,' zei ik.

Naast het affiche hingen een intekenlijst en een pen aan een touwtje. Een paar teams hadden zich al ingeschreven. Lars en Milan, Sander en Jannik.

'Wij doen ook mee, hè Maud?' zei Teddie.

Achter ons klonk een gemeen lachje. Jessica, natuurlijk. 'Met die rolstoel?' schamperde ze.

'Tedmobile,' verbeterde Teddie zonder een spier te vertrekken. 'En reken maar dat we gaan winnen.'

Jannik schaterde alsof hij zojuist de mop van de eeuw had gehoord. 'Je denkt toch niet dat we ons door een stel meiden laten inmaken?'

'No way!' riep Sander.

Toen deden ze met zijn tweeën een ingewikkeld vuistendansje.

'Maud en Teddie zijn anders wel een topduo,' zei Lars met een knipoog naar mij.

Hij is de allerleukste jongen van de wereld en toevallig ook nog eens mijn vriendje.

'Tsss.' Jessica zwiepte haar lange, blonde haar naar één kant. 'Als je Teddie op een zandpad dropt, zit ze meteen vast in de modder.'

'Als we straks alleen zijn, piep je wel anders.' Hij keek haar grijnzend aan. 'Stille weggetjes zonder straatlantaarns en overal enge geluiden. Wedden dat ik dan je handje moet vasthouden?'

Ze hmpfte en duwde hem weg. Toen verhuisde hij zijn armen maar naar de Tedmobile.

'Het gaat beginnen.' Teddie knikte naar een man in een glimmend trainingspak.

Hij klom het podium op en controleerde of de microfoon het deed. Twee doffe plofjes, toen galmde zijn stem: 'Jongens en meisjes. Mijn naam is Jan Brouwers en ik heet jullie van harte welkom. Over enkele minuten worden jullie met een auto weggebracht. We droppen elk team op gelijke afstand van het buurthuis. Wie als eerste hier terug is, heeft gewonnen.'

'Makkie!' riep een jongen. 'Ik bel gewoon een taxi.'

Er ging een lachsalvo door de zaal.

'Dan word je direct gediskwalificeerd,' zei meneer Brouwers. 'Je mag je mobiel alleen in noodgevallen gebruiken. Elk team ontvangt een gesloten envelop met mijn 06-nummer erin, zodat jullie zo nodig contact met me kunnen opnemen. Is de envelop eenmaal open, dan ben je niet meer in de race.' Hij gebaarde naar een vrouw in precies zo'n zelfde glimmend trainingspak, maar dan een paar maten kleiner. 'Tanja?'

De vrouw ging met een stapeltje enveloppen naast hem op het podium staan.

'Team één!' riep meneer Brouwers. 'Laura en Anouk.'

Twee meisjes haalden hun envelop op en verdwenen met een vrijwilliger.

'Ik moet nog plassen,' zei Jessica en ze holde naar de wc. Nou ja, ze probeerde te hollen, maar die mafkees droeg zelfs nu hoge hakken.

Brouwers was bij het derde team aangekomen. 'Lars en Milan.'

'Veel succes!' riep ik.

'Niet té veel,' zei Teddie.

Daarna waren wij aan de beurt.

Onze chauffeur was een potige vrouw met haar op haar bovenlip. 'Zeg maar Wies.' Ze tilde Teddie op de achterbank en legde de Tedmobile in de kofferbak.

Ik ging voorin zitten.

'Mijn koffer!' riep Teddie, want hij stond nog op de stoep.

Wies schoof hem hoofdschuddend naast Teddie. 'Ga je die de hele tijd meezeulen? Dat ding is loeizwaar.'

'Kan me niet schelen.' Teddie legde haar hand op het deksel. 'Hiermee gaan wij iedereen verslaan, let maar eens op.'

Wies gaf ons allebei een sjaal, die we voor onze ogen moesten knopen. 'En denk erom: niet stiekem kijken.' Ze trok het portier dicht en startte de motor.

Het was geen lolletje om geblinddoekt vervoerd te worden. Ik had het gevoel dat we telkens hetzelfde rondje reden en werd een beetje misselijk.

'Duurt het nog lang?' vroeg ik.

'Ik zeg niks,' zei Wies.

Bof! De zoveelste verkeersdrempel, gokte ik.

Na een poosje werd het verkeerslawaai minder en ten slotte hoorde ik alleen nog onze eigen auto brommen. We sloegen af.

'Zijn we er bijna?' vroeg Teddie.

Wies minderde vaart en toen stopten we. 'We zijn er helemaal.'

Teddie en ik keken naar de achterlichten van de auto van Wies. Ze werden steeds kleiner en verdwenen om de bocht. Daar stonden we dan. Heel alleen op een verlaten fietspad aan de rand van een bos in het pikdonker. In de verte klonk de klaaglijke roep van een uil. Slik.

'Ik zie geen bal,' mopperde ik.

'Momentje.' Teddie rommelde in de koffer, die Wies op haar schoot had gelegd. 'Tadááá.'

Een felle lichtstraal scheen recht in mijn gezicht.

'Een zaklamp!' Ik was meteen een stuk minder bang.

'Hier, hou even vast.' Ze gaf me de lamp. 'Ik heb nog meer bij me.'

De koffer leek net een schatkist. Deze keer toverde Teddie een rol tape en nog twee knotsen van zaklantaarns tevoorschijn.

'Koplampen,' zei ze. 'Voor mijn Tedmobile.'

Ik kwam niet meer bij.

'Help me nou even, anders verliezen we tijd.' Ze hield een lamp tegen de onderkant van haar rechterarmleuning.

Ik wikkelde de tape eromheen. Zo, die zat vast. Daarna was de linkerarmleuning aan de beurt.

'Nu wij nog.' Teddie haalde twee gele hesjes met reflecterende strips uit de koffer. Alsof we met die koplampen al niet genoeg opvielen!

'Ideetje van mijn vader.' Teddie wurmde zich in het hesje. 'Anders mocht ik niet meedoen.'

Ik hoopte dat het bij dat ene idee zou blijven. Met Teddies vader wist je het maar nooit. Ik kreeg visioenen van kniebeschermers en valhelmen met loeiende sirenes erop.

Gelukkig kwamen er alleen nog een paar handschoenen zonder vingers uit de koffer. Die waren voor Teddie, zodat ze geen blaren zou krijgen.

'En nu ons geheime wapen.' Teddie tilde het deksel weer op. 'Onze gouwe trouwe Tommie.'

Een tomtom!

'Dus daar is die standaard voor!' Ik plaste bijna in mijn broek van het lachen.

Teddie toetste het adres van het buurthuis in. We moesten even wachten, toen begon Tommie te praten: 'Ga rechtdoor.'

'Ja, ja,' antwoordde Teddie alsof het apparaatje haar kon horen. 'Eerst mijn koffer nog even op de bagagedrager doen.'
Láten doen, bedoelde ze. Ik klemde hem tussen de haken aan de rugleuning. Teddie had zelfs voor snelbinders gezorgd!

We hadden het fietspad achter ons gelaten en kwamen bij een paar huizen.
'Rechts afslaan,' zei de tomtom.
We waren amper de hoek om of mijn mobiel ging over. Ik keek op het schermpje. 'Lars!'
'Zeg maar dat we nog geen lekke band hebben.' Teddie reed in een hoog tempo door. 'En dat we perfect op koers liggen.'
Ik hield de telefoon tegen mijn oor. 'Hoi.'
'Hoi, Maud.' Er klonk een lichte paniek in zijn stem. 'Heb jij wel eens van het Wezelpad gehoord?'
'Of we het Wezelpad kennen,' zei ik tegen Teddie.
Ze schudde haar hoofd.
'Nee,' meldde ik Lars.
'Nee,' hoorde ik hem tegen Milan zeggen. Daarna schakelde hij weer over naar mij. 'Die dropping is een ramp. We zijn al een halfuur onderweg, maar we hebben nog steeds niks bekends gezien.'
Arme Lars! 'Ze zijn verdwaald,' zei ik tegen Teddie.
Ze knikte tevreden. 'Mooi zo. Dan is hun team alvast uitgeschakeld.'
'Je hebt het wel even over Lars, hoor!' riep ik boos.
'Grapje.' Ze minderde vaart en stopte. 'Wezelpad, zei je?' Ze tikte de straatnaam in op de tomtom. 'Het is maar een klein stukje om. Zeg maar dat we ze oppikken.'
'We halen jullie op,' zei ik tegen Lars.
'Maar hoe weten jullie...'
'Dat zie je zo wel. Niet weglopen.' Ik deed lachend mijn mobiel uit. 'Oké, Tedwoman.'

De tomtom stuurde ons via de kortste route naar het Wezelpad. Zodra Lars en Milan ons zagen, begonnen ze te roepen
en te zwaaien. En dat was nogal snel, want met onze koplampen en hesjes zagen ze ons al vanaf een kilometer aan-
komen.

'Slimme uitrusting!' riep Lars.

'Nou!' Milan keek bewonderend naar de Tedmobile. 'Daar
kan Batman nog een puntje aan zuigen.'

'Schiet nou maar op.' Teddie had het adres van het buurthuis weer ingetikt. 'Anders gaat die prijs toch nog aan onze
neus voorbij.'

We gingen linksaf en rechtsaf en daarna een hele poos rechtdoor. Toen hoorden we de ringtone van Teddies mobiel.

'Melissa,' zei ze verbaasd. 'Wat moet die nou?' Teddie hield
de telefoon aan haar oor. 'Hoooi.' Ze luisterde en zuchtte.
'Ineke heeft een blaar van hier tot Tokio op haar hiel en kan
geen stap meer verzetten.'

'Ze kunnen Brouwers toch bellen?' vond Milan. 'Dan haalt
hij hen wel op.'

'Moet je horen wie het zegt.' Ik gaf hem een duwtje. 'Zonder ons had je morgenochtend nog op het Wezelpad ge-
staan.'

Teddie knikte en deed weer van alles met de tomtom. 'Oké,'
zei ze tegen Melissa. 'De EHBO is onderweg.'

We liepen en reden en liepen tot we in de Parklaan waren.

'Die lampen!' Melissa schaterde het uit. 'En een tomtom! Je
wordt vast gediskwalificeerd.'

'Dan teken ik protest aan,' zei Teddie. 'Over navigatiesystemen heeft Brouwers niks gezegd.'

Ineke zat op een bankje met haar schoen uit en haar been
omhoog. 'Krachtvoer helpt niet tegen blaren,' mopperde ze.

Teddies koffer moest weer voor de dag komen. Ze haalde er
een naald uit, een aansteker, jodium en een doosje pleisters.

Ze verhitte de naald in het vlammetje van de aansteker, prikte als een volleerde verpleegster de blaar door, ontsmette de boel en plakte er een pleister op.

Ik deelde intussen mijn appel met Lars.

Ineke trok voorzichtig haar schoen weer aan en deed een paar passen. 'Je bent geweldig,' zei ze opgelucht tegen Teddie. 'Ik voel er bijna niks meer van.'

'Ach,' zei Teddie trots.

Met zijn zessen gingen we weer richting buurthuis. Ik had het gevoel dat ik in een optocht meeliep met de Tedmobile als carnavalswagen voorop.

'Bestemming bereikt,' meldde de tomtom toen we voor de deur stonden.

'Teddie mag eerst,' zei Ineke. 'Zonder haar zat ik nu nog op dat bankje.'

Lars knikte. 'Jullie hebben eerlijk gewonnen.' Dat vond ik zooo lief!

Ik hielp de Tedmobile over de drempel. Via de gang kwamen we in de zaal. Aan een tafeltje bij de deur zat Brouwers in zijn eentje te wachten. Zijn mond viel wagenwijd open zodra hij de Tedmobile zag. Ik wilde bijna gaan juichen, maar toen...

Nee, hè? Daar zaten Wesley en Jessica!

'Zijn jullie er nu al?' vroeg Teddie teleurgesteld.

'Helaas wel, ja.' Wesley draaide zich om en keek Jessica pissig aan. 'Na tien minuten kon ze al geen stap meer verzetten door die stomme hakken. Dus hebben we de envelop opengemaakt en meneer Brouwers gebeld.'

Teddie deed haar koplampen uit en glimlachte liefjes naar Jessica. 'Volgende keer zou ik een rolstoel meenemen. Dan kan Wesley je duwen.'

Anderhalf uur later waren alle deelnemers weer in het buurthuis en stonden Teddie en ik voor het podium.

Brouwers had de microfoon uit de standaard gehaald. 'Dit zijn ze dan, de winnaars van vanavond: Teddie en Maud!'

'En Tommie!' riep Lars.

Ik voelde me net een popster want iedereen klapte en juichte. Alleen zijn popsterren waarschijnlijk niet zo verlegen als ik.

'En wat hebben zij gewonnen?' Brouwers zweeg even om de spanning op te voeren. 'Van Bakker Bart uit de Flamingostraat...'

Tanja kwam naast ons staan met een enorme taart.

'Yes!' schreeuwde Teddie, want er zat een dikke laag chocola op.

'En dat is nog niet alles.' Brouwers hield een envelop omhoog. 'Ik heb hier ook nog een waardebon van onze plaatselijke videotheek. Jullie mogen maar liefst tien dvd's lenen.'

'Gratis seksfilms.' Wesley kreunde alsof hij zich niets mooiers kon voorstellen.

'Echt niet!' Teddie trok een vies gezicht. 'Actiefilms zijn veel cooler.'

Ik gluurde naar Lars. Of romantische films, dacht ik.

'Ik hoop dat jullie volgend jaar weer allemaal meedoen,' vervolgde Brouwers. 'Alleen voeren we dan een nieuwe regel in. Navigatiesystemen zijn voortaan verboden.'

Teddie aaide de tomtom, die nog steeds aanstond.

'Bestemming bereikt,' klonk het door de zaal.

Roze

Teddie zat voor het raam op de postbode te wachten.

'Waar blijft hij nou?' vroeg ze ongeduldig. 'Anders is hij nooit zo laat.'

Anders is Teddie ook nooit zo dol op de postbode, maar vandaag was het Valentijnsdag.

'Hij heeft het natuurlijk superdruk,' zei ik. 'Met al die extra bezorgingen.'

Bij mij thuis was de post al geweest. Ik had maar liefst drie kaarten gekregen. Eentje van Teddie met een paar schattige poesjes erop. Een megagrappige ansicht van mijn opa en oma met ook nog eens vijf euro erin. Maar de allermooiste kaart kwam van Lars. Hij had de vorm van een roos en maakte muziek als je hem opendeed. Zooo romantisch!

'Het is vast een nieuwe,' mopperde Teddie. 'Of zo'n slome invalkracht die ons huis niet kan vinden.'

Ik grinnikte. 'Je had jullie tomtom bij TNT moeten afgeven. Met een briefje erbij: *Voor de postbode die in de Ooievaarstraat bezorgt.*'

'Goed idee,' zei ze bloedserieus. 'Voor volgend jaar.'

Een oranje flits kwam het tuinpad op.

'Eindelijk!' Met een noodvaart reed Teddie naar de gang. Er hing een opvangbakje onder de brievenbus, zodat ze gemakkelijk bij de post kon.

16

Stralend kwam ze weer binnen. 'Ook drie stuks!' Ze legde de enveloppen op tafel. 'Welke eerst?'

'Die.' Ik wees naar de mintgroene, die ik zelf had verstuurd. Er zat een kaart in met een foto van Superman. *Voor mijn supervriendin* had ik erbij gezet.

'Bedankt.' Ze omhelsde me. 'Cool én lief.'

De tweede envelop was kanariegeel en bedrukt met duizend rode hartjes. Teddie scheurde hem vol verwachting open en haalde de kaart eruit. Een snoezig teddybeertje strekte zijn pootjes naar ons uit. In het praatwolkje bij zijn bek stond de tekst: *Mag ik even met je knuffelen?*

'Geinig,' zei ik.

'De kaart wel, ja.' Ze liet me de afzender zien.

Ik rilde van afschuw. Wesley de Brei!

Bij de laatste envelop hadden ze wel een zonnebril mogen leveren. Hij was niet alleen zuurstokroze maar ook nog fluorescerend.

'Spannúnd,' zei Teddie.

Ik trommelde met mijn vingers op de tafel. Een langgerekte trrrrrrrrr zoals voor een circusact.

Ze ritste het papier open. 'Wow, heftig.'

En harig! Er zat een roze hart in de envelop met een voorkant van echte pluche.

'Draai eens om,' zei ik.

We bekeken de kartonnen achterkant. *Ik vint je lief* stond er in roze inkt. *Van Barry.*

'Een geheime aanbidder!' Teddie hijgde van opwinding. 'Ik ken geen Barry. Ken jij een Barry?'

Ik schudde mijn hoofd. 'In ieder geval kan hij niet spellen. Vind met een t!'

'Misschien is hij dyslectisch,' zei ze. 'Daar kun je niks aan doen, hoor. Cher en Tom Cruise zijn het ook.'

Maar die verstuurden vast nooit van die vreselijke kaarten.

Teddie moest en zou weten wie Barry was. 'Misschien is hij wel de liefde van mijn leven,' zei ze melodramatisch.

Voorlopig was hij meer een naald in een hooiberg. We wisten zijn achternaam niet en hadden geen idee hoe hij eruitzag. 'Stoer en gespierd,' zei Teddie hoopvol. 'Met een paar oorringen en een tribal tatoeage.'

'Machotypes sturen geen roze pluchen kaarten,' zei ik.

Maar ze wuifde mijn woorden weg. 'Hij denkt natuurlijk dat meiden dat mooi vinden.'

Het was pauze. We zaten op het muurtje van het schoolplein. Alleen Teddie zat natuurlijk in haar Tedmobile.

'Ik ken alleen maar een Larry,' zei Ineke, die een banaantje pelde.

Melissa kauwde peinzend op de binnenkant van haar wang. 'Misschien is het een jongen uit een hogere klas.'

'We kunnen ze moeilijk alle vijfhonderd gaan ondervragen.' Ineke deed alsof de banaan een microfoon was. 'En, jongeman, hoe heet jij?' Toen hield ze de vrucht voor Melissa's mond. Die gaf geen antwoord maar beet erin.

'Nou!' Ineke lachte.

'We hadden het over Barry,' zei Teddie streng.

'De klassenlijsten nalopen?' stelde Jessie voor.

'Alsof de secretaresse ons daar toestemming voor geeft.' Melissa zuchtte. 'Die vindt privacy belangrijker dan liefde.'

We zwegen een poosje en staarden voor ons uit. Toen zag ik de conciërge het plein oversteken. 'Pullens,' zei ik tegen Teddie. 'Die heeft een zwak voor jou.' En nog belangrijker: hij bediende de schoolintercom.

Tijdens Nederlands klonk er een *dingdong* en daarna wat gekraak. Toen kwam de stem van Pullens uit het luidsprekertje boven het bord: 'Wil Barry zich om twaalf uur bij het kamertje van de conciërge melden?'

'Welke Barry?' vroeg Jessica. 'Waarom noemt Pullens zijn achternaam niet?'

De conciërge herhaalde de boodschap maar liefst drie keer.

'Wat is het toch een schatje,' zei Teddie.

'Heb je het over mij?' vroeg Wesley, die twee tafels verder zat.

Ze gooide een propje naar zijn hoofd.

Om één minuut voor twaalf zaten Teddie en ik in het kamertje van de conciërge. Niet de meest romantische plek om een geheime aanbidder te ontmoeten. Naast ons stond een bak met gevonden voorwerpen. Er lagen stinkende gymspullen in, broodtrommels en zelfs een paarse onderbroek van Björn Borg.

Pullens zelf was er ook. Hij las de krant en at een boterham met pindakaas. Hopelijk maakte liefde niet alleen blind maar zorgde het ook voor een verstopte neus.

De klok boven de deur leek wel een tikkende tijdbom. Teddie verloor de wijzer geen seconde uit het oog. *Tik.* Hij maakte weer een sprongetje. Twee minuten over twaalf. Maar nog steeds geen Barry.

'Misschien zit hij toch niet bij ons op school,' fluisterde ik.

Pullens keek op uit zijn krant. 'Als het niks wordt, heb ik altijd nog een leuke kleinzoon.'

Teddie lachte beleefd. Toen klonk er een klop op de deur.

'Meneer Pullens?' Een lange jongen op legerkistjes kwam het kamertje binnen. 'Barry, ik moest me hier melden.'

De conciërge schraapte zijn keel en knipoogde naar Teddie. 'Ik laat jullie even alleen.'

Barry keek ons schaapachtig aan. Tot Teddie het harige hart over de tafel schoof en vroeg of hij de afzender was.

Hij begon keihard te lachen. 'Zo'n lelijke kaart zou ik nog niet eens naar mijn moeder durven sturen.'

We wachtten nog tot halfeen in de conciërgekamer, maar er kwamen geen andere Barry's meer opdagen.

'Niet iemand van school dus,' zei Ineke.

Melissa fronste haar voorhoofd. 'Een jongen van msn?'

'Kan niet.' Teddie had het hart op haar schoot gelegd en liet haar vingers door het roze pluche glijden. 'Ik geef mijn adres nooit aan vreemden door.'

'Iemand uit de buurt dan?' bedacht Jessie. 'Je buurjongen, bijvoorbeeld. Of de zoon van de bakker. Of iemand van de vulploeg in de supermarkt.'

Teddie schudde van nee. 'Mijn buurjongen heet Max. En die anderen weten niet waar ik woon.'

'Het is heus niet zo moeilijk om daarachter te komen,' zei Ineke. 'Wie weet stalkt hij je al weken zonder dat je er erg in hebt.'

Teddie keek meteen achterom. 'Doe niet zo eng!' Zo te zien vond ze Barry ineens een stuk minder leuk.

'Misschien moet je hem maar gewoon vergeten,' zei ik.

Dat lukte gedurende drie uur en zesentwintig minuten. Tot we op weg naar huis langs kantoorboekhandel Vives kwamen.

'Maud!' Teddie stopte zo abrupt dat ik bijna op de Ted-mobile knalde.

'Wat?' Ik volgde haar wijsvinger en kneep mijn ogen tot spleetjes.

In de etalage lag een bundeltje enveloppen. Zuurstokroze, fluorescerend en met een blije strik eromheen. En naast dat bundeltje...

Teddie staarde met open mond naar de waaier van roze pluchen harten.

De verkoopster van Vives paste beter in een suikerspinkraam dan in een kantoorboekhandel. Alles aan haar was roze. Van haar kleurspoeling tot aan de kauwgom in haar mond. Een barbiepop van vijftig, dacht ik.

'Die roze harten, ja.' Ze drentelde naar de etalage. 'Ik dacht dat het een groot succes zou worden, ze zijn zo énig.'

Er kwam een rare hik uit mijn mond.

Teddie gaf me een por. 'Ze zijn inderdaad heel... ehm... origineel. Maar u hebt er dus niet veel van verkocht?'

'Eentje maar.' De verkoopster draaide zich om. 'Is dat niet ongelooflijk?'

'Weet u misschien ook nog aan wie?' vroeg Teddie gretig.

Ja hoor. Dat leek me pas echt ongelooflijk.

De verkoopster knikte. 'Natuurlijk weet ik dat nog. Mijn neefje Barry heeft de kaart uitgekozen.'

Teddies hersens maakten overuren. Ik kon ze bijna horen kraken.

'Barry...' zei ze. 'Die naam komt me toch zo bekend voor.'

Ik voelde alweer een lach in mijn keel opborrelen.

'Woont die niet in de Ooievaarstraat?' vroeg ze. 'Of daar in de buurt?'

'De Merelstraat, bedoel je?' De verkoopster glimlachte toegeeflijk met haar zalmroze lippen. 'Ach, het zijn allebei vogels.'

We waren de Merelstraat al vier keer op en neer gereden en gelopen.

'Had ook even naar het huisnummer geïnformeerd,' mopperde ik.

'En het risico lopen dat ze ging doorvragen? Of nog erger, Barry bellen? Echt niet!' Teddies blik gleed langs de huizen. 'Ik wil eerst zelf wel eens zien wat voor vlees ik in de kuip heb.'

Toen moest ik toch weer lachen. Om dat vlees.

De voordeur van nummer 14 ging open.

Teddie sjeesde over de stoep. 'Meneer! Mag ik u even iets vragen?'

Barry bleek op nummer 20 te wonen. In de tuin stond een windmolentje.

'En nu?' vroeg ik.

'Spioneren,' fluisterde Teddie. Ze parkeerde de Tedmobile achter een dikke boom en gluurde langs de stam naar het huis. 'Ik zie bijna niks. We hadden een verrekijker mee moeten nemen.'

Een klapstoeltje was ook niet verkeerd geweest. En een thermosfles met hete thee.

We tuurden ons suf. Vijf minuten. Tien minuten. Toen verscheen er eindelijk een vrouw achter het raam.

'Zou dat zijn moeder zijn?' vroeg Teddie opgewonden.

'Je aanstaande schoonmoeder,' zei ik.

De vrouw deed het licht aan. De woonkamer veranderde meteen in een helverlichte etalage. We konden helemaal tot achterin kijken. Aan de grote tafel in de eethoek zaten twee jongens achter een laptop.

'Barry en zijn broertje.' Teddie zuchtte op een manier dat ik snapte dat het vlees in de kuip was goedgekeurd.

'Zit mijn haar goed?' vroeg Teddie.

'Fantastisch,' antwoordde ik.

'Stink ik niet uit mijn mond?'

Ik boog voorover. 'Nee, hoor.'

'Oké dan.' Ze haalde diep adem en reed naar de voordeur. 'Maud!'

'Wat?'

Ze wees naar de bel, die te hoog hing. Ik ging naast de Tedmobile staan en drukte op het knopje.

De moeder van Barry deed open. 'Ja?'

'Zou ik Barry even mogen spreken?' Teddies stem bibberde een beetje.

'Barry?' vroeg de vrouw half ongelovig en half lacherig. Toen schreeuwde ze naar de kamer: 'Barry! Hier is een meisje voor je.'

De kamerdeur ging open. Een jongen van een jaar of zeven kwam de gang in.

'Hallo,' zei Teddie. 'Ik kom even met je broer praten.'

De vrouw zette haar hand op haar heup. 'Barry, zei je toch?'

'Ja, Barry.' Teddie probeerde in de woonkamer te kijken.

De jongen keek met grote ogen naar Teddie. 'Vet coole oorbellen heb je.'

Langzaam begon er ergens iets te dagen.

We sloegen de Ooievaarstraat in. Teddie was nog niet helemaal van de schrik bekomen.

'Heb ik weer!' mopperde ze. 'Een aanbidder uit groep drie.'

Barry zag Teddie iedere dag wel een paar keer voorbij komen. Hij vond dat ze eruitzag als een prinses. Haar naam had hij een keer opgevangen in de supermarkt en omdat ze bij hem om de hoek woonde, wist hij ook het adres. Dus toen zijn tante van de kantoorboekhandel vroeg of hij een meisje kende aan wie hij een valentijnskaart wilde sturen...

'Nou ja,' zei ik. 'Het was ook eigenlijk wel een vreselijke barbiekaart.'

'Niks barbie.' Teddie zuchtte. 'Baby.'

En toen gierden we het uit.

Rommel

'Joehoe!' klonk Teddies stem.

De poort ging open en ze reed ons terras op. Tenminste, dat probéérde ze, maar ze kwam niet erg ver. Een hindernisbaan van spullen versperde de weg. Twee oude stoelen met verschoten kussens, een spiegel met een barst erin, dozen vol vazen en boeken, een kleine kast met een deurtje dat nog maar aan één scharnier hing en nog veel meer.

'Jemig.' Teddies ogen vielen bijna uit hun kassen. 'Gaan jullie voortaan in de tuin wonen of zo?'

'Was het maar waar.' Ik duwde een paar dozen opzij, zodat de Tedmobile erlangs kon. 'Mijn moeder is vanmorgen met de voorjaarsschoonmaak begonnen.'

'Die is gek,' zei Teddie. 'Met dit weer ga je toch niet werken?'

'Dat vond mijn vader ook. Hij wilde vanochtend lekker met zijn krant in het zonnetje gaan zitten. Weinig kans.' Ik zuchtte. 'En ik moet vanmiddag mijn kamer opruimen.'

'Pech dat jullie geen traplift hebben. Anders had ik je kunnen helpen.' Teddie slalomde om een staande schemerlamp heen en nam de bocht iets te scherp. Het handvat van de Tedmobile raakte de standaard en de lamp kapseisde.

'Pas op!' Ik kon hem nog net op tijd redden.

'Oeps,' zei Teddie.

Door de openstaande keukendeur kwamen mijn ouders naar

buiten. Ze droegen een enorme stapel bloemetjesgordijnen. Blijkbaar was die nogal zwaar, want ze puften als een stel oude stoomlocomotieven.

'Hoi, Teddie,' zei mijn moeder hijgend. 'Kun je een beetje opzij? Je staat in de weg.'

Teddie keek om zich heen. 'Dat wil ik wel, maar...'

De gordijnen ploften op de grond. Nog net niet op de schoot van Teddie.

'Zo.' Mijn vader wiste het zweet van zijn voorhoofd. 'Nu heb ik wel een kop koffie verdiend.'

'Niks ervan,' zei mijn moeder. 'Eerst het tafeltje nog.'

'Wat gaan jullie met al die spullen doen?' vroeg Teddie toen we eindelijk aan de koffie zaten.

'Weggooien,' antwoordde mijn vader vlug.

Goed plan, dacht ik. Vorige keer wilde mijn moeder dat we alles weer naar de schoongemaakte zolder terugbrachten. Mijn armen waren als kauwgom uitgerekt.

'Maar dat is toch zonde!' Teddie tilde een vaasje op. 'Er zitten hartstikke mooie dingen bij.'

Foute opmerking.

Mijn moeder keek weifelend rond. 'Ja, dat tafeltje kunnen we beter bewaren. Je weet nooit...'

'Dat tafeltje hebben we al tien jaar,' zei ik.

'Die stoelen dan.' Ze streelde de verschoten bekleding. 'Altijd handig om een paar extra te hebben met feestjes.'

Mijn vader gromde als een waakhond.

'En zo'n staande schemerlamp is weer helemaal in,' zei mijn moeder. 'Die ga je toch niet bij het grofvuil zetten?'

Teddie schudde haar hoofd. 'Nee, dat zou echt superstom zijn.'

Mijn vader keek haar chagrijnig aan. Volgens mij wilde hij haar stiekem ook wel eventjes bij het grofvuil zetten.

'Verkopen is veel slimmer.' Teddie maakte een weids gebaar

'Niet alleen die lamp, maar alles. Recycling is goed voor het milieu en je wordt er nog rijk van ook.'

Jemig, ze kon zo de politiek in! Mijn ouders waren allebei meteen om.

'De grote dingen zetten we op Marktplaats,' zei mijn vader.

'En de kleine spullen brengen we naar de rommelmarkt.'

Die was in de sporthal, elke derde zaterdag van de maand. Teddie en ik boden ons aan als marktkoopvrouwen.

's Middags stond ik met een grote vuilniszak in mijn kamer. Die ziet er meestal uit alsof mijn kasten allemaal zijn ontploft. 'Wat een zwijnenstal,' had mijn moeder gezegd. 'Je komt pas beneden als alles netjes is opgeruimd.'

Niks zwijnenstal. Het was de grot van Ali Baba. Overal lagen kostbaarheden die ik voor veel geld op de rommelmarkt kon verkopen. Een stel knuffels. Hup, in de zak. Oorbellen, kettingen, armbanden. Mijn cd-collectie van K3. Weg ermee! Een antiek computerspelletje, stripboeken, ganzenbord, een nooit gebruikt knutselpakket met vouwblaadjes en stempels, tien tassen en zes riemen...

Nog geen uur later stonden er vijf volle vuilniszakken in de schuur en was mijn kamer om door een ringetje te halen. 'Dat ik dit nog mag meemaken,' zei mijn moeder dolgelukkig. Ze ging zelfs haar fototoestel pakken om het vast te leggen!

Mijn ouders brachten de spullen naar de sporthal. Ik legde alles in onze kraam en Teddie maakte de prijskaartjes.

'Tien euro voor die oude bal?' Ik fronste mijn wenkbrauwen.

'Mensen willen altijd afdingen, dus je moet hoog inzetten,' zei Teddie stellig.

Ik legde de armbanden en kettingen bij elkaar in een rieten mandje. De spelletjes kwamen links en de boeken ernaast. Vazen, knuffels, fotolijstjes. We hadden genoeg voor wel drie kramen!

'Geeft niks,' zei Teddie. 'Kunnen we tussendoor mooi aanvullen.' Ze keek naar de deur en toen op haar horloge. 'Jemig, daar zijn de eerste kopers al.'

Man, wat was het druk! Het leek wel uitverkoop bij H&M.
'Mooie spullen, echt geen bullen!' schreeuwde Teddie uit volle borst. 'Een knuffel, ketting of sjaal, hier vindt u het allemaal!'
Een vrouw met vuurrood haar snuffelde in het mandje met sieraden. Ze schoof een armband om haar pols en keek hoe hij stond. En daarna nog een armband... Nou ja, zeg. Ze liep naar de volgende kraam zonder te betalen!
'Dat mens heeft twee armbanden gestolen,' zei ik kwaad.
'Wie?' Teddies ogen speurden rond.
'Bij de buren. Rood haar, blauw mantelpak. Ze kijkt naar dat schilderij.'
'Hallo, mevrouw!' Teddie zwaaide. 'Met dat rode haar! U hebt vergeten de armbanden af te rekenen!'
De hele rommelmarkt keek nu naar de vrouw. Ik kon bijna niet meer zien waar haar kapsel ophield en haar gezicht begon, zo rood werd ze.
'Dus als u even terug wilt komen!' riep Teddie loeihard.
Met kleine pasjes liep de vrouw terug naar onze kraam en haalde haar portemonnee uit haar tas. 'Pardon. Ik was er zeker even niet bij met mijn gedachten.'
'Dat is dan vijf euro,' zei Teddie.
Op het prijskaartje stond dat ze vijftig cent per stuk waren!
De vrouw betaalde en maakte dat ze wegkwam.
'Afzetter.' Ik grinnikte.
'Pikken is slikken.' Teddie stopte het geld in het daarvoor bestemde kistje. 'Mooie spullen, echt geen bullen!'

Het geldkistje werd steeds voller en de kraam leger. Er lagen alleen nog een paar vaasjes, een kwartetspel en de veel te dure bal.

'Wat een scheetje!' riep Teddie ineens.

Scheetje? Ik zag alleen maar een man met een bierbuik, een gouden ketting en vettig haar.

'De hond, suffie.' Teddie knikte naar het grote bruine beest dat bij de man hoorde. Ze strekte haar arm uit. 'Mag ik hem aaien?'

Nog voor de man kon antwoorden, sprong de hond met zijn voorpoten op onze kraam. Van zo dichtbij was hij helemaal niet meer zo schetig. Zijn bek ging wagenwijd open. Ik zag twee rijen scherpe tanden blikkeren en toen...

Teddie trok vlug haar hand terug.

Hap! De hond beet in de bal alsof het een lekkere hamburger was en griste hem mee.

'Tarzan!' schreeuwde zijn baas. 'Geef terug.'

Maar Tarzan was niet van plan om los te laten. Er volgde een spannend baltrekgevecht tussen hem en de man. De bal leek steeds meer op een ei en daarna op een platte pannenkoek.

De man liep paars aan en zweette. 'Ik geef het op.'

'Dat is dan tien euro, meneer,' zei Teddie met een uitgestreken gezicht.

We telden de opbrengst. Als we de kraamhuur eraf trokken, hielden we nog een aardig zakcentje over. Geld dat we van mijn ouders mochten houden.

'We gaan meteen shoppen,' zei Teddie.

Ik knikte. 'Op naar de winkelstraat.'

'Tuurlijk niet.' Teddie praatte nog steeds als een echte markt-koopvrouw. 'Hier krijg je meer voor minder geld.'

'Ouwe rommel, bedoel je?'

'Maar er zitten ook mooie spullen tussen.' Ze reed als een reisleidster in een touringcar tussen de kramen door. 'Soms koopt iemand voor een prikkie een oud schilderijtje. Blijkt het later ineens een miljoen waard omdat een superberoem-de kunstenaar het gemaakt heeft.'

Ik checkte acuut alle schilderijtjes. Huilende zigeunermeisjes. Een wei met schapen. Een boerderij. Dat met die zonnebloemen zag er wel vaag bekend uit.

'En het is hartstikke hot om rommelmarkten af te struinen.' Teddie stopte bij een kraam en paste een hoedje met een veer. 'Orlando Bloom doet het ook. Hij zegt dat je daar veel meer aparte kleding en spulletjes kunt vinden dan in een gewone winkel.'

Orlando had gelijk. Ik kocht een kastlading tweedehands rokjes en truitjes. Een paar coole laarzen. Een leuke lamp voor op mijn kamer. Dat schilderijtje met de zonnebloemen, je wist het maar nooit. Beeldjes voor op mijn vensterbank. Spelletjes en boeken en nog duizend dingen meer. Gelukkig hadden we onze vuilniszakken bewaard, zodat we die als boodschappentassen konden gebruiken. Er was maar één probleem: hoe kregen we ze thuis?

Teddie pakte haar mobieltje. 'Ik bel mijn vader of hij ons komt halen.'

Ik sjouwde alle spullen naar mijn kamer. Toen waren mijn armen toch nog als kauwgom uitgerekt. Ik ging even op mijn bed zitten om uit te puffen.

Klopklop.

'Ja?'

Mijn moeder kwam binnen. 'Wat een rommel!' riep ze geschrokken. 'Hoe kan dat nou?'

Toen zag ik het pas. Mijn kasten leken weer ontploft.

'Paar leuke spulletjes gekocht,' zei ik.

Ze liet zich verslagen naast me zakken en plette met haar linkerbil een spelletjesdoos.

'Ach.' Ik gaf haar een troostend klopje op haar knie. 'Gelukkig heb je die foto nog.'

Kunst

'Jullie krijgen vandaag een gastdocent,' zei Kwasthout. Zo noemen we onze tekenlerares, die eigenlijk Kwisthout heet. Ze lijkt ook echt een beetje op een kwast, want ze is lang en dun en heeft haar dat rechtovereind staat.

'Wie dan?' vroeg Teddie nieuwsgierig.

'Meneer Michiels,' antwoordde Kwasthout. 'Hij is de eigenaar van de galerie in de Hoofdstraat.'

Ik kende galerie Michiels wel. Er hingen en stonden vaak gekke dingen voor het raam. Een vaas met armen en benen. Een afvalberg van aan elkaar gelijmde lege flessen en pakken. Een schilderij met maar één streep erop en verder niets.

'Hij is dé expert op het gebied van schilderkunst,' zei Kwasthout.

'Kan niet!' riep Jannik. 'Dat is mijn vader al.' Toen begon hij plotseling te zingen alsof hij meedeed in een musical: 'Muren, deuren en kozijnen, niemand levert beter vakwerk dan Krijnen.'

'Schilderkúnst, sukkel,' zei Jessica. 'Geen deuren maar schilderijen.'

'Alsof zij daar verstand van heeft,' zei ik heel zachtjes tegen Teddie.

Jessica hoorde het toch. Ze heeft net als de boze wolf nogal grote oren. 'Ik heb anders al een heleboel schilderijen gemaakt,' zei ze opschepperig. 'De *Mona Lisa*, bijvoorbeeld, en *Het Melkmeisje*.'

Zelfs Kwasthout kon haar lach niet inhouden.

'Nou, het is echt zo.' Jessica zette haar handen in haar zij. 'Met Ravensburger. Die hebben allerlei kunstwerken in hun assortiment.'

Kleurplaten dus! Met van die nummertjes erin zodat je kon zien welk vlak welk kleurtje moest krijgen.

'Geen kunst aan!' riep Jannik.

Weer moesten we allemaal lachen. Zo hard dat we niet eens merkten dat er iemand binnenkwam. Er stond ineens een man met een grote, platte tas voor het bord. Hij had zijn overhemd helemaal tot bovenaan dichtgeknoopt en droeg een vlinderdasje met pauwenogen. Er klopte iets niet met zijn haar. Er groeiden wel hele bossen uit en op zijn oren, maar zijn hoofd was zo kaal als een biljartbal.

'Meneer Michiels.' Kwasthout veegde een paar lachtranen weg. 'Welkom.'

'Jullie gaan vandaag kennismaken met een aantal hoogtepunten uit de kunstgeschiedenis,' begon Michiels plechtig.

'Jakkes, geschiedenis,' mopperde Wesley. 'Op het rooster staat tekenen, hoor.'

Kwasthout keek hem waarschuwend aan.

Michiels legde zijn tas op het bureau en haalde er een stapel posters uit. Hij pakte er eentje af en klemde die met een paar magneten tegen het bord.

Achter in de klas klonk een onderdrukt gegiechel. Op de poster stonden een paar mollige vrouwen. In hun blootje.

'Weet iemand wie de schilder is?' vroeg Michiels.

'Nee, maar geschiedenis is voortaan wel mijn lievelingsvak,' zei Wesley.

Sander, de beste tekenaar van onze klas, stak zijn vinger op.

'Rubens misschien?'

Dat hij dat wist! Michiels was helemaal in zijn nopjes. Hij maakte zelfs een kleine buiging naar Sander. 'Heel goed, jongeman. Dit zijn inderdaad Rubensvrouwen.'

'Die moeten nodig gaan sonjabakkeren,' fluisterde Jessie.

Op de volgende poster stond een landschap dat uit duizenden puntjes bestond.

'Pointillisme,' vertelde Michiels. 'Zo heet deze manier van schilderen.'

'Sorry, hoor.' Melissa kneep haar ogen tot spleetjes. 'Het zal best knap zijn, maar ik krijg er vooral een punthóófd van.'

Michiels hing weer een poster op. 'En wat vinden jullie van Pablo Picasso?'

Een vrouw grijnsde ons met een scheve mond toe. Waar het rechteroor hoorde te zitten, zat een paarse neus. Haar blauwe oog was zo groot als een tennisbal, haar groene oog nog kleiner dan een knikker.

'Wat een lelijk wijf,' vond Jasper. 'Doe mij maar een Rubensvrouw.' Hij keek verliefd naar Ineke, met wie hij al heel lang verkering heeft.

Lars knikte. 'Volgens mij heeft Picasso te veel gedronken of een fout pilletje geslikt.'

Daarna waren *De Aardappeleters* van Vincent van Gogh aan de beurt.

'Kijk,' zei Ineke. 'Dat vind ik nou wel mooi gemaakt.' Omdat er eten op stond, natuurlijk!

Michiels praatte en praatte. Over het expressionisme en het impressionisme. Over popart en oude meesters. Er kwamen wel dertig posters van schilderijen voorbij. *De Nachtwacht* vonden we allemaal knap geschilderd en om Dali moesten we lachen. Tot slot liet Michiels ons een wit vel met donkere verfstrepen zien.

'Net een kindertekening,' fluisterde ik.

'Dit werk is van Anton Heyboer,' zei Michiels.

Sanders vinger ging weer omhoog. 'Dat is toch die schilder met die vijf bruiden?'

'Vijf vrouwen?' Wesley sprong van zijn stoel. 'Ik wil ook schilder worden!'

'Dat komt dan goed uit,' zei Michiels, 'want dat is jullie opdracht voor volgende week. Iedereen maakt een schilderij, geïnspireerd op een beroemde kunstenaar.'

Huiswerk voor tekenen! Alsof we niet al genoeg moesten doen voor wiskunde en Engels.

Ik was niet de enige die er zo over dacht. Er klonk een zacht gekreun.

'Meneer Michiels zal jullie werk beoordelen.' Kwasthout krabde aan een verfvlek op haar spijkerbroek. 'En ik zou maar goed mijn best doen, want het cijfer telt mee voor het rapport.'

Nog meer gekreun, maar dan harder.

'Mag je ook samenwerken?' vroeg ik. 'Met zijn tweeën aan één schilderij?'

'Ja hoor, dat mag. En er is ook nog een verrassing.' Michiels draaide aan zijn vlinderdasje. 'Het allermooiste schilderij krijgt een plekje in de etalage van mijn galerie, zodat iedereen het kan bewonderen.'

'Ik ga een Rubensvrouw schilderen!' riep Wesley. 'Wie wil er voor me poseren?'

Haha. Niemand dus.

'Jij ook niet, Ineke?' vroeg Jessica vals. 'Je hebt er het juiste figuur voor.'

Ineke werd rood.

'Beter een grammetje te veel dan een bezemsteel,' rapte Teddie.

En toen ging de zoemer.

Teddie en ik besloten ons werk op meerdere kunstenaars te inspireren. Eerst schilderden we Kwasthout, maar met neuzen waar haar oren hoorden te zitten. De achtergrond werd een behang van puntjes, met daartegen een kindertekening als schilderij. Rechts was nog plaats voor een kast die helemaal uit kubussen bestond. Op de kast kwam een vaas met zonnebloemen – die konden we afkijken van het rommelmarktschilderijtje.

'Ziet er best geinig uit,' zei ik toen we klaar waren. 'Alleen jammer dat het papier zo bobbelt.'

Teddie had een idee. Bij hen in de schuur stond een groot en dik stuk karton, waarop we het papier konden vastlijmen. Vervolgens schoof ik het schilderij onder haar bed en bedekte het met een zware lading stripboeken.

Een paar dagen later droeg ik het kunstwerk naar school.

'Het papier is mooi glad,' zei Teddie tevreden.

Een opgerold papier was nog veel mooier geweest. Ik liep voor Teddie uit met het karton in mijn handen geklemd. Het was onhandig groot. Ik kon alleen opzij en omhoog kijken, maar niet recht voor me uit. Nou ja, dat kon wel, maar dan zag ik alleen maar een vaas met zonnebloemen. Of beter gezegd: twee vazen met zonnebloemen, want van zo dichtbij ging ik vanzelf scheel kijken.

Om ongelukken te voorkomen, speelde Teddie voor tomtom. 'Beetje meer naar rechts. Goed zo, Maud. Rechtdoor. Rechtdoor. Stóp!'

Ik was bijna tegen een lantaarnpaal aan gebotst.

Teddie grinnikte. 'De lamme en de blinde.'

'Haha.' Ik zette het schilderij op de stoep. 'Even pauze, hoor. Ik krijg kramp in mijn armen.'

'Slechte timing.' Ze keek omhoog. 'Volgens mij gaat het regenen.'

De lucht was inderdaad grijs en grauw. We konden beter opschieten. Kreunend tilde ik ons schilderij weer op.

'Geef het anders aan mij,' zei Teddie.

Ik legde het karton ondersteboven op de armleuningen van haar rolstoel. Teddie beschermde het met haar handen, zodat het niet zou wegglijden. Ik duwde de Tedmobile vooruit.

'Uw perfecte verhuiswagen voor kunstwerken,' grapte Teddie. Maar toen kwamen we langs een hoge flat en was er ineens die windvlaag. Het karton wipte aan één kant omhoog.

'Oeps!' Teddie pakte vlug de opwaaiende kant vast.

Dat had ze beter niet kunnen doen. De wind had ineens vrij spel aan de andere kant en rukte het karton onder haar handen vandaan. Daar ging ons schilderij. Als een reuzenvogel zweefde het even door de lucht om vervolgens met een smak op straat te landen.

'Vlug!' riep Teddie.

Ik holde naar de weg, maar er kwam net een auto aan. De chauffeur had weinig respect voor kunst. Hij reed dwars over ons schilderij heen.

'Nee!' riepen Teddie en ik tegelijk.

Maar het was al gebeurd. Er liep een donkere, modderige bandafdruk over het hoofd van Kwasthout.

'Ons hele schilderij verpest,' mopperde ik.

Tot overmaat van ramp begon het ook nog eens te gieten. En bleek onze verf niet watervast. De zonnebloemen veranderden in gelige spaghettislierten. Het was alsof Kwasthout zich had opgemaakt en haar make-up vervolgens was uitgelopen. De kubussenkast was geen kast meer maar een rechthoek van bruine prut.

Teddie zuchtte. 'Dat wordt een vette onvoldoende.'

Het schoolplein was leeg. Vanwege het plotselinge noodweer was iedereen al binnen. Ik moest het schilderij van de Tedmobile tillen, anders paste Teddie niet eens door de deur. Toen stonden we als een stel druipkaarsen in de gang.

'Kan ik helpen?' klonk een stem die ik uit duizenden zou herkennen.

Lars! Ik zette het karton neer. 'Dit moet nog naar het teken-
lokaal.'
'Doe ik wel even.' Hij probeerde niet te lachen toen hij de
mislukte verftekening zag.
Een heel vette onvoldoende, dacht ik.

De klas leek wel een museum. Overal stonden en hingen
schilderijen.
Op dat van Ineke stond een enorme hamburger. 'Geïnspi-
reerd op het gigasoepblik van Andy Warhol,' legde ze uit.
Bij gebrek aan een naaktmodel had Wesley zijn eigen fanta-
sie gebruikt. Een vrouw in Picasso-stijl, met drie borsten!
'Handig als je een drieling krijgt,' zei Teddie.
Jannik had een deur geschilderd.
'Wie is je inspiratiebron geweest?' vroeg Michiels.
'Krijnen,' antwoordde Jannik trots. 'Mijn vader.'
Op Jessica's kunstwerk stond een hond met een strik om
zijn hals. Eerlijk is eerlijk, hij zag er heel levendig uit. Alsof
hij elk moment van het doek kon stappen.
'Straks gaat ze nog winnen ook,' fluisterde Teddie.
Maar Michiels zag het meteen. 'Ravensburger.'
Lars had een snelweg geschilderd met een Porsche erop. Het
kunstwerk van Milan was een soort tweelingbroertje, maar
dan met een Ferrari. 'Een tweeluik,' zeiden ze.
Jessie had haar favoriete kledingboetiek nagetekend. Je kon
zelfs de prijskaartjes lezen!
'Geïnspireerd op Gucci,' zei ze. 'Want modeontwerpers zijn
ook kunstenaars.'
Het schilderij van Sander was het mooiste van allemaal. Hij
had een stilleven gemaakt van een fruitschaal en een vaas.
Het was net een foto.
'Knap werk,' zei Michiels. 'Je hebt duidelijk talent.'
Toen liep hij door naar ons overreden schilderij en bestu-
deerde het met zijn hand om zijn kin.

'Het was een o…' begon Teddie.

Ongelukje, wilde ze natuurlijk zeggen. Maar Michiels was haar voor. 'Erg apart, dames. Vooral dat verwrongen gezicht.' Hij deed een stapje dichterbij. 'Het doet me aan Francis Bacon denken.'

Ik had geen idee wie dat was, maar het klonk goed.

Michiels duwde zijn neus bijna tegen het doek. 'Het lijkt me eerst geschilderd en daarna op een bijzondere manier bewerkt. Mag ik vragen welke techniek jullie hebben toegepast?'

Teddie en ik keken elkaar aan. Hadden we een techniek toegepast?

'We hebben gebruikgemaakt van de elementen van de natuur,' zei Teddie.

Ik probeerde mijn lach in te slikken.

'En dat bandenspoor,' zei Michiels. 'Heel knap gedaan. Het lijkt net echt en geeft een bijzondere spanning aan het werk.'

Nu hoorde ik ook rare geluiden uit Teddie komen.

Michiels draaide aan zijn vlinderdas. 'Het is gewaagd en origineel en vernieuwend.'

Die was gek! Ik zag Kwasthout ook al ongelovig kijken, maar ze durfde blijkbaar niets te zeggen. Ik vond het wel best. Dit werd minstens een negen op ons rapport.

'Jullie mogen in mijn galerie exposeren,' besloot Michiels. 'Weten jullie al een naam voor jullie schilderij?'

'Kunst- en vliegwerk,' zei Teddie.

In gedachten zag ik het karton weer wegwaaien.

Ik knikte. 'Met de nadruk op vlíég.'

Vissen

Mijn vader kwam met zijn nieuwe hengel de kamer in. 'Is het geen prachtding?' Hij straalde als een klein jongetje op zijn verjaardag.

Teddie grinnikte. 'Vet cool, meneer Van Deventer.'

Ik haalde mijn schouders op. 'Het is gewoon een hengel, hoor.'

'Niks gewoon,' zei mijn vader verontwaardigd, 'Het is het nieuwste van het nieuwste. Moet je zien wat hij allemaal kan.' Hij begon de hengel al uit te schuiven om een demonstratie te geven.

Mijn moeder hield hem tegen. 'Ben je gek? Straks hang je ermee in de gordijnen.'

'Vrouwen,' mompelde mijn vader. Hij schoof zijn hengel weer in elkaar en zette hem tegen de muur. Toen aaide hij over de stok alsof het een lief konijntje was!

Mijn moeder, Teddie en ik gierden het uit.

'Lach maar.' Mijn vader gaf een rukje met zijn hoofd. 'Ik heb anders een geweldig idee. Als jullie nou eens een dagje mee gaan vissen?'

'Sorry hoor,' zei Teddie. 'Maar dat lijkt me zooo saai. De hele dag aan de waterkant zitten en naar zo'n dobber turen.'

'Niet saai maar rustgevend,' corrigeerde mijn vader op het toontje van een schoolmeester.

'Behalve voor die vissen dan.' Ik zette met een klap mijn theebeker neer. 'Zijn ze lekker aan het zwemmen en dan krijgen ze ineens zo'n gemene haak door hun lip.'

'Dat doet geen pijn.' Mijn vader schonk zichzelf ook een kop in. 'Een vis heeft maar weinig zenuwen in zijn bek, dus hij merkt er nauwelijks iets van.'

'O nee?' riep ik fel. 'En wat dacht je van de stress? Zo'n beest schrikt zich kapot als hij ineens uit het water wordt getakeld.'

Teddie knikte. 'Eigenlijk is vissen best dierenmishandeling.'

'Dierenmishandeling?' Mijn vader bleef er bijna in. 'Doe niet zo raar. Vissen is topsport!'

'Sport voor luie mensen,' zei mijn moeder.

'Dat zullen we dan wel eens zien!' Mijn vader ging weer staan en plantte zijn handen in zijn zij. 'Morgen gaan jullie alle drie mee vissen.'

'Ja, doei,' mopperde ik.

'Dan trakteer ik op chocoladekoeken,' zei mijn vader.

'Ik ga mee!' riep chocoholic Teddie meteen.

Mijn moeder dacht even na. 'Ach, het is eigenlijk best leuk om een keertje bij de vijver te picknicken.'

'Mooi zo.' Mijn vader ging met een tevreden gezicht op de bank zitten. 'We maken er een gezellig dagje van.'

Ik kreunde. 'Als je maar niet denkt dat ik zo'n smerige pier vastpak.'

De volgende ochtend liepen we door de uitgestorven straten naar de visvijver. Ik had het gevoel dat ik slaapwandelde. De zon was nog niet eens op!

'En dan te bedenken dat we nog lekker in bed hadden kunnen liggen,' zei Teddie.

'Ja, is dit niet een beetje overdreven?' Mijn moeder torste hijgend de zware picknickmand mee. 'Volgens mij zijn die vissen nog lang niet wakker.'

'Als je voor zonsopgang voert en peilt, heb je de meeste kans om een flinke brasem te vangen. En trouwens…' Mijn vader keek ons spottend aan. '…vissen was toch voor luie mensen?' Toen liep hij fluitend verder. Heel nonchalant, alsof zijn hengel en de viskoffer nauwelijks iets wogen.

'Een-nul,' fluisterde Teddie.

Mijn moeder verhuisde de picknickmand van haar ene naar haar andere hand.

'Zet hem maar op mijn schoot,' bood Teddie aan.

Teddie was een prima bagagewagen. Er was maar één minpuntje: nu moest ik haar duwen. Twee-nul, dacht ik. Vissen is inderdaad topsport!

We waren niet de enigen die belachelijk vroeg waren opgestaan. Bij de vijver zaten al een paar mannen te vissen. Ik duwde de Tedmobile over het aflopende gras. Hij hobbelde als een gek en rolde steeds sneller naar het water.

'Ik hoef er niet ín!' gilde Teddie.

Ik wist de Tedmobile net op tijd te stoppen en zette hem op de rem.

'Jullie moeten wel zachtjes doen.' Mijn vader legde zijn hengel neer. 'Anders jaag je alle vissen weg.'

Volgens mij liep Teddie meer kans om weggejaagd te worden. Ik stootte haar aan. 'Moet je die vissers nijdig zien kijken.'

'Sorry hoor,' schreeuwde Teddie keihard.

Ik lag helemaal slap van de lach.

'Ssst,' siste mijn vader.

Mijn moeder en ik gingen op het picknickkleed zitten. Mijn vader nestelde zich in zijn klapstoeltje en maakte loden balletjes aan de lijn onder de dobber vast.

'Ik val nu al in slaap,' fluisterde Teddie.

Mijn vader gaf haar een broodtrommeltje.

'Chocoladekoeken?' vroeg ze blij.

Maar in het trommeltje zaten vieze bruinige brokken. 'Lokvoer,' legde mijn vader uit.

Teddie mikte de brokken in het water. 'Kom dan, visjes. Kom maar bij Teddie.'

Ik moest alweer lachen. 'Het zijn geen hondjes.'

Mijn vader maakte hoofdschuddend nog een bakje open. Jakkes! Het zat vol met krioelende maden.

'Haakaas,' zei mijn vader. 'Zal ik het voordoen, of willen jullie het zelf proberen?'

Teddie rilde van afschuw.

'Echt niet!' Ik werd al misselijk als ik naar de maden keek. Laat staan dat ik ze aan durfde te raken!

'Koffie?' vroeg mijn moeder.

'Eerst nog even peilen.' Mijn vader had een made aan het haakje gewurmd en mikte de dobber in het water. Hij controleerde of hij diep genoeg hing. 'Oké, koffie.'

Voor Teddie en mij was er ook nog een thermosfles met thee. Mijn moeder schonk de bekertjes vol en deelde ze uit. We dronken met kleine slokjes. De zon kwam op en even waren we stil.

'Wat mooi,' zei mijn moeder.

'Inderdaad.' Teddie keek niet naar de zon maar opzij. 'Bloedmooi.'

Ik keek ook opzij. Toen zag ik pas wat ze bedoelde, of beter gezegd: wie. Een jongen in een camouflagebroek stapte op ons af. Hij droeg een viskoffertje en een hengel.

'Vissen is toch niet zo slaapverwekkend als ik dacht,' fluisterde Teddie.

'Hoi.' De jongen zette zijn spullen vlak naast ons neer.

'Hooooi,' zei Teddie terwijl ze met haar ogen knipperde.

'Jullie vinden het toch niet erg dat ik...' Hij wees naar het visplekje vlak naast ons.

'Plaats genoeg!' riep Teddie voordat wij ook maar iets konden zeggen.

'Ik heet Sjors.' Hij begon zijn spullen uit te pakken. 'Ik bedoel, als we toch de hele dag naast elkaar zitten.'

Teddie stelde zichzelf ook voor. En mij en mijn ouders, alsof we zelf niet konden praten.

Mijn vader tuurde naar zijn dobber.

'Hebben jullie maar één hengel?' vroeg Sjors.

Gelukkig wel!

'Maar ik vind vissen wel heel interessant, hoor,' zei Teddie vlug.

Sjors keek haar vriendelijk aan. 'Zal ik je dan visles geven?'

Teddie wriemelde een made aan het vishaakje. Met haar hoofd omlaag, zodat Sjors haar gezicht niet kon zien. Ik kon haar horen kokhalzen.

'Valt niet mee, hè?' zei Sjors.

'Pfff.' Teddie probeerde zo stoer mogelijk te klinken. 'Het is al klaar.' Ze liet de haak los en veegde haar vingers wel tien keer af aan haar broek.

'Oké.' Sjors ging achter de Tedmobile staan en legde de hengelstok in Teddies handen. 'Gooi hem er maar in.'

Toen hij zijn handen op Teddies schouders liet rusten, keek ze me stralend aan. 'Vissen is eigenlijk best geinig.'

'Niet in het riet!' riep Sjors.

'Oeps.' Teddie deed een nieuwe poging. Plons! Het bovenste antennetje van de dobber stak net boven het wateroppervlak uit. 'En nu?'

'Wachten,' antwoordde Sjors.

Mijn vader ving twee brasems, die hij vol trots liet zien. We aten chocoladekoeken en dronken nog een keer koffie en thee. Toen zei Sjors tegen Teddie: 'Volgens mij heb je beet.'

'Yes!' Ze draaide met het molentje de visdraad omhoog. De brasem spartelde alle kanten op.

'Dierenbeul,' mopperde ik.

Maar Teddie was ineens doof. 'Pak hem!' moedigde ze Sjors aan.

Hij graaide naar de vis, maakte hem los en liet hem in het leefnet glijden.

'Gáááf!' Teddie zwiepte opgewonden met de hengel. De draad danste op en neer, vlak langs het gezicht van Sjors en… toen boorde de haak zich in zijn lip! Er zaten blijkbaar heel veel zenuwen in, want hij schreeuwde van de pijn.

'Sorry,' zei Teddie hees. 'Sorry, sorry.'

Mijn vader sneed de vislijn door en probeerde het haakje uit de lip te trekken.

'Au au au,' kermde Sjors.

'Aan de overkant is een huisarts,' zei mijn moeder.

En toen zaten Teddie en ik ineens in de wachtkamer van de dokter op Sjors te wachten.

'Goeie vangst,' zei ik tegen Teddie.

Ze zuchtte. 'Als hij me nou nog maar leuk vindt.'

'Als jij hem nog maar leuk vindt.' Ik wees naar mijn mond. 'Straks heeft hij een joekel van een gat in zijn lip.'

'Koop ik toch gewoon een lippiercing voor hem,' zei Teddie. 'Zo'n stoer knopje.'

De deur van de behandelkamer ging open. Sjors kwam naar buiten met een grote pleister op zijn lip.

'En?' vroeg Teddie.

'Hij heeft het weerhaakje eraf geknipt, zodat hij het eruit kon schuiven.' Sjors praatte een beetje raar vanwege de wond. 'Twee hechtingen.'

'Hoe kan ik het goedmaken?' vroeg Teddie.

Ik grinnikte. 'Afzoenen?'

Sjors sloeg vlug zijn hand voor zijn mond.

'Zal ik dan een paar brasempjes voor je vangen?' Teddie reed naar buiten.

'Alsjeblieft niet!' riep Sjors.

Sjors zat vijftig meter verder in zijn eentje aan de waterkant.

'Vissen is stom,' zei Teddie sip.

'Hier, troosteten.' Ik gaf haar de laatste chocoladekoek. 'En als je nog eens een jongen aan de haak wilt slaan, doe het dan niet létterlijk.'

Pfff, er verscheen een voorzichtig lachje op Teddies gezicht.

De opdracht

'Zijn jullie er klaar voor?' Wetsels, onze leraar maatschappijleer, pakte zijn broodtrommel.

Er zaten geen boterhammen in, maar briefjes met opdrachten. Het was doe-ook-eens-iets-voor-de-ander-themaweek, dus moesten alle leerlingen een goede daad verrichten. Soep uitdelen aan daklozen, bijvoorbeeld. Of cadeautjes maken voor de Zonnebloem. Leerzaam én leuk, volgens de schoolleiding.

De lijst met opdrachten hing al weken op het prikbord in de hal. Teddie en ik hoopten dat we goede daad nummer 3 zouden krijgen. Dan mocht je met een groep blinde kinderen naar Speelland, een soort overdekt pretpark. We zagen het al helemaal voor ons: de hele dag in de ballenbak liggen snoezelen en cola drinken.

Teddies ogen kropen zo ongeveer ín de broodtrommel. 'Speelland, Speelland...' mompelde ze aan één stuk door.

'Je lijkt Jomanda wel,' zei ik grinnikend. 'Als ze een zaal in trance wil brengen.'

'Ssst,' siste Teddie. 'Hypnose werkt alleen bij opperste concentratie.'

De broodtrommel die Teddie probeerde te hypnotiseren, kwam steeds dichterbij. Ten slotte stond Wetsels naast onze tafels. 'Jullie beurt, dames.'

Ik haalde diep adem en roerde met mijn wijsvinger door de briefjes, terwijl ik heel hard aan Speelland dacht. Toen haalde ik er eentje tussenuit. 'Het ruikt naar oude kaas.'

'Lees nou voor!' riep Teddie ongeduldig.

Ik vouwde het papiertje open.

'En, en?' vroeg Teddie.

'Huize Heiderust,' zei ik teleurgesteld. 'We moeten een leuke middag voor de bejaarden verzorgen.'

'Nee, hè?' Teddie kreunde. 'Die oudjes willen vast niet in de ballenbak.'

Van Wetsels moesten we onze opdracht goed voorbereiden. Dus stonden we na schooltijd bij de receptie van het bejaardencentrum.

Een vrouw in een wit uniform stapte met haar gezondheidssandalen kordaat op ons af. 'Florentien.' Ze gaf ons een hand. 'Ik ben zo blij dat jullie komen helpen.'

Dat had ze niet hoeven zeggen. Haar mond stond non-stop in de breedbekkikkerstand.

We kregen meteen een rondleiding. 'Het gaat om drie bewoners,' vertelde Florentien. 'De meeste senioren worden in het weekend door hun kinderen of kleinkinderen opgehaald of bezocht. Maar meneer Jansen, mevrouw Krijtjes en mevrouw Plasman hebben geen familie meer. En daarom is het extra fijn dat jullie ze een prettige middag gaan bezorgen.'

Een prettige middag. Teddie en ik keken elkaar hulpeloos aan.

'Ehm,' begon Teddie. 'We hebben niet veel ervaring met bejaarden. Wat doen die zoal?'

Breien, dacht ik. Mijn oma was net een sokkenfabriek.

'Er is elke middag een activiteit in de recreatiezaal,' antwoordde Florentien terwijl ze ons een zachtgele ruimte binnen loodste. 'Sjoelen, kaarten...'

'Misschien kunnen we van die oud-Hollandse spelletjes doen!' riep Teddie.

Ik knikte naar een piano die tegen de muur stond geparkeerd. 'Of liedjes zingen.'

'Wat een leuke ideeën,' zei Florentien opgetogen. 'Ze zijn trouwens ook dol op knutselen.'

In het tv-hoekje stond een lage tafel met luie stoelen. Teddie keek naar een bosje nepbloemen in een vaas. 'Mooi, dan laten we ze bloemstukjes maken.'

'Aan het eind van de middag zorgt de keukenploeg voor een feestelijke maaltijd.' Florentien trok een tafelkleedje recht en lachte ons stralend toe. 'Ik weet nu al dat de mensen heel dankbaar zullen reageren.'

En toen was het zover: de dag van de opdracht. We hadden bloemen gekocht, takken en lege schaaltjes verzameld en allerlei spelletjes bedacht. Na een hele ochtend ploeteren stond alles klaar in de recreatiezaal.

'Hopelijk zijn ze niet ál te lastig,' zei Teddie. 'Ik ben nu al moe.'

Florentien kwam binnen met de bewoners en riep opgewekt: 'Dit zijn ze dan: de meisjes Teddie en Maud!'

Ik voelde me net een circusartiest die een kunstje moest gaan doen.

'Hoi,' zei Teddie.

'Dag.' Ik knikte iedereen toe.

Mevrouw Plasman zat net als Teddie in een rolstoel. Ze was zo dun dat ik bijna bang was dat ze doormidden zou breken. Haar handen lagen als zieke vogeltjes op haar schoot.

Mevrouw Krijtjes leek op een oude schooljuffrouw. Ze keek ons aan over de rand van haar strenge bril. Ik haalde vlug mijn handen uit mijn zakken.

Meneer Jansen was net een clown met zijn rode neus. 'Man,

man, wat een mooie meiden.' Hij gaf ons een vette knipoog. 'Als ik nog jong was, dan wist ik het wel...'

Florentien verschoot van kleur en zei nerveus: 'Het is wel de bedoeling dat we ons vanmiddag een beetje gedragen, meneer Jansen.'

'Woef!' deed meneer Jansen en toen schaterde hij het uit zodat zijn dikke buik op en neer schudde.

Florentien vergat heel even te glimlachen. Ze schoof de rolstoel van mevrouw Plasman haastig aan tafel en zette hem op de rem. 'Veel plezier allemaal. En als er iets is, kun je me bij de receptie laten oppiepen.'

'Wat gaan we doen?' vroeg ik. Jakkes, ik klonk al net zo opgewekt als Florentien.

Meneer Jansen liet zich op een stoel zakken. 'Ik ben wel toe aan een borreltje.'

Teddie en ik keken elkaar zenuwachtig aan. Er was alleen maar koffie en thee. Maar hij toverde zelf al een flesje uit de zak van zijn colbert.

Mevrouw Krijtjes schudde afkeurend haar hoofd. 'Dat is niet goed voor je suiker.'

'Kom op, meid.' Hij maakte een proostend gebaar. 'Het is vandaag een beetje feest.'

'Mag u wel bonbons?' vroeg ik bezorgd, want we hadden drie dozen ingeslagen.

'Ik wel!' riep mevrouw Plasman. Tot mijn verbazing had het tengere vrouwtje een stem als een beer.

Teddie haalde bonbons en een bolletje touw tevoorschijn. 'We hebben een variant op het koekhappen bedacht.'

Ik knikte zo enthousiast mogelijk. 'Bonbonhappen.'

'We zijn geen kleine kinderen meer,' mopperde mevrouw Krijtjes.

'En ook niet gek,' bromde meneer Jansen.

'Dan niet.' Teddie strooide het doosje leeg op een bord.

De vogelhand van mevrouw Plasman leek wel afgeschoten door een katapult. Voor ik met mijn ogen kon knipperen, had ze een bonbon in haar mond gepropt.

Het was even stil.

'Zullen we liedjes zingen?' stelde ik voor. 'Om in de stemming te komen.'

Mevrouw Krijtjes zat al achter de piano en sloeg met haar wijsvingers op de toetsen: 'Boer daar ligt een kip in 't water'.

'Haal hem er dan maar snel uit,' mompelde mevrouw Plasman met volle mond.

'Dit is het enige wat ik nog van vroeger ken.' Mevrouw Krijtjes bleef maar op de piano rammen. Mijn oren deden er pijn van. En niet alleen die van mij...

'Is die kip nou nog niet verzopen?' Meneer Jansen haalde een cd uit zijn binnenzak. 'Zet liever een fatsoenlijk nummertje op.'

'Ali B!' riep Teddie blij.

'Cadeautje van Hassan,' zei meneer Jansen trots. 'Hij loopt hier stage.'

Ik mikte de cd in de cd-speler en algauw zat iedereen met zijn hoofd op de maat te schokken.

'Ik dacht dat bejaarden alleen van klassieke muziek hielden,' fluisterde Teddie.

Meneer Jansen pakte mevrouw Krijtjes vast en sleurde haar over de vloer. Ik liet Teddie swingen en deed daarna een rolstoeldansje met mevrouw Plasman. Na een halfuurtje zaten we allemaal hijgend aan tafel.

'Dat was leuk,' zei mevrouw Krijtjes verbaasd.

Mevrouw Plasman werkte de laatste bonbon naar binnen. Ik haalde een nieuw doosje en zag de bloemen en takken liggen. 'Zullen we nu bloemstukjes gaan maken?'

Ze trokken alle drie een gezicht alsof ik had gevraagd of ze naakt uit een taart wilden springen.

'Is er geen spannende film op tv?' vroeg mevrouw Krijtjes.

Maar er waren alleen maar suffe herhalingen.

'Houden jullie van Superman?' vroeg Teddie.

'Toen ik nog jong was…' begon meneer Jansen.

Teddie had haar mobiel al in de aanslag. 'Ik bel mijn vader wel even.'

Teddies vader had haar dvd-box met Supermanfilms gebracht. We gingen in de luxe fauteuils voor de tv zitten. Teddie en mevrouw Plasman zaten in hun eigen stoel.

'Prima hangplek,' zei meneer Jansen tevreden.

'Ssst,' siste mevrouw Krijtjes. 'Het is net zo spannend.'

Toen kwam de kok vertellen dat de maaltijd klaar was. Er ging een luid protest op.

'Dan eten we toch gewoon met het bord op onze schoot,' zei ik.

Na de soep begon de aftiteling en gingen we aan tafel zitten. Teddie en ik tilden de deksels van de schalen. 'Tadááá!'

'Bah, bloemkool,' mopperde mevrouw Plasman.

'En konijnenworteltjes.' Meneer Jansen schudde zijn hoofd. 'Noemen ze dat feesteten?'

Teddie kreeg een wereldidee. 'Houden jullie van pizza?'

'Heerlijk!' riep meneer Jansen. 'Alleen krijgen we dat hier nooit.'

'Veel te zout, dus slecht voor je bloeddruk,' zei mevrouw Krijtjes. 'En Florentien vindt het vast niet goed.'

'Florentien hoeft het toch niet te weten?' bulderde mevrouw Plasman. 'Trouwens, van een keertje pizza gaan we heus niet meteen dood.'

Teddie pakte voor de tweede keer haar mobiel. 'Vijf pizza's de luxe voor Huize Heiderust.'

We voerden de feestmaaltijd aan de vogels en verstopten de pizzadozen. Net op tijd! Florentien kwam binnen. 'En hebben jullie leuke spelletjes gedaan en lekker gegeten?'

We keken elkaar samenzweerderig aan en knikten.

Meneer Jansen knipoogde. 'Het was de vet coolste dag die ik ooit heb gehad.'

'Nou!' brulde mevrouw Plasman. 'Komen jullie volgend jaar weer?'

'Dat zouden we erg leuk vinden,' zei mevrouw Krijtjes.

Ik kreeg een warm gevoel in mijn buik. 'Ik hoop het.'

Teddie grijnsde en fluisterde in mijn oor: 'Dan organiseren we een disco!'

Een vreemde vrouw

Wetsels was ziek, dus hadden we op vrijdag ineens een vrij tussenuur.

'Shoppen?' vroeg Teddie. 'Ik moet nog een verjaardagscadeautje voor mijn moeder kopen.'

We gingen naar de Hema en keken bij de make-upafdeling. Er stonden rijen doosjes met oogschaduw, maar de kleuren waren niet naar Teddies zin. Toen besloten we maar bij de sieraden te gaan kijken.

'Deze?' Ik hield een paar schattige oorknopjes omhoog.

Teddie schudde haar hoofd. 'Ze heeft al honderd oorbellen en maar twee oren.'

Zucht. 'Een sjaaltje dan?'

We graasden alle bakken af. Ze hadden ze in allerlei soorten en maten. Sjaals met een panter-, zebra- of bloemenprint. Effen, gestreepte en gevlekte sjaals. Teddie kon niet kiezen.

Ik keek op mijn horloge. 'Nog vijf minuten. Anders zijn we niet op tijd terug.'

'Die groene dan.' Teddie kreunde. 'Of toch maar die met die bolletjes?'

Ik rukte ze uit haar handen. 'Ogen dicht.' Ik maakte de sjaals zo klein mogelijk, stopte er eentje in elke vuist en deed mijn armen op mijn rug. 'Oké, je mag weer kijken. Rechts of links?'

'Links,' zei Teddie.

Ik liet de inhoud van mijn linkervuist zien. De bolletjessjaal had gewonnen.

Teddie had afgerekend. We haastten ons naar buiten.

'Doorrijden,' zei ik. 'Ik heb geen zin om vanmiddag het plein te vegen.'

Als je bij Swarte te laat kwam, kreeg je gegarandeerd corvee. Aan het einde van de winkelstraat moesten we oversteken. Het stoplicht bij het zebrapad stond voor de voetgangers op groen.

'Mazzeltje,' zei Teddie.

Mijn ogen gleden langs de wachtende auto's. 'Hé, daar staat jullie...' Ik voelde mijn hoofd volstromen met bloed. De tweede wagen in de rij was inderdaad die van Teddies ouders, maar...

'Wat wilde je zeggen?' vroeg Teddie.

'Niks.' Ik kon mijn tong wel afbijten. Niet kijken! Maar de auto was als een magneet. Mijn ogen wilden per se gluren. Achter het stuur zat Teddies vader. Met naast hem een bloedmooie vreemde vrouw! Ze had haar hand op zijn schouder gelegd en ze lachten naar elkaar op een manier dat ik er kiespijn van kreeg.

'Echt wel.' Teddie was de stoep weer op gereden. 'Zeg het nou maar gewoon.'

Pfff, de auto's kwamen al in beweging. Ik wachtte tot die met haar vader uit het zicht was.

'Vergissinkje,' zei ik toen zo nonchalant mogelijk. 'Ik dacht dat ik jullie auto zag, maar hij leek er alleen maar op.' Ik durfde Teddie niet aan te kijken. Ze zou meteen zien dat ik loog. Gelukkig werd de stoep zo smal dat ik achter haar aan moest lopen.

We sloegen de hoek om. 'Je had toch gelijk!' riep Teddie. 'Daar staat onze auto.'

Ik bleef er bijna in. Waarom stond die stomme rotauto niet gewoon waar hij hoorde te staan – op de parkeerplaats bij het kantoor waar Teddies vader op dit moment hoorde te werken?

'Hij is natuurlijk gestolen!' Teddie gaf een extra harde zwieper aan haar wielen.

Ik wou dat ik haar kon tegenhouden. Of dat we net als in de Hema weer het spelletje konden doen van 'ogen dicht'.

Teddie sperde haar ogen juist heel ver open. Ze stopte en stamelde: 'W-wat doet mijn vader hier? E-en wie is die vrouw?'

Drie keer raden.

'Een collega van kantoor?' Ik wist niet wie van ons tweeën ik gerust probeerde te stellen. 'Misschien hebben ze hier samen een of ander klusje.'

Om de een of andere reden zat de titelsong van GTST ineens in mijn hoofd. Jammer genoeg was dit geen soap maar echt.

'Hij doet nooit klusjes buiten kantoor,' zei Teddie hees.

Haar vader en de vreemde vrouw stapten uit. Hij hoefde alleen maar even om te kijken en dan zou hij ons ontdekken. Maar dat deed hij niet. De vrouw nam al zijn aandacht in beslag. Hij gaf haar een weekendtas aan, die ze om haar schouder hing.

'En zijn collega's hebben altijd aktetassen of koffertjes bij zich,' vervolgde Teddie. 'Geen weekendtassen.' Ze zag zo wit als gips. Ik was bang dat ze zou gaan flauwvallen.

Teddies vader sloot de auto af. Hij sloeg zijn arm om de schouder van de vrouw alsof ze een stelletje waren. Zo liepen ze samen voor ons uit.

'Waren we maar niet gaan shoppen.' Er zaten tranen in Teddies stem.

Mijn keel werd dik. Teddie huilde anders nooit! Zelfs niet bij de film Bambie, toen Bambies moeder werd vermoord.

'Er is vast een logische verklaring voor,' zei ik. Ik kon er alleen eventjes niet opkomen, welke.

We keken strak voor ons uit. Ik dacht dat het niet akeliger meer kon worden, maar dat werd het dus wel. Teddies vader en de vrouw gingen langzamer lopen en toen verdwenen ze in een groot, wit gebouw.

'Hotel De Keijzer!' Teddie balde haar vuisten. 'Hoe durft hij mama zoiets aan te doen?'

Omdat we veel te laat op school kwamen, moesten we bij Pullens een briefje halen.

'En wat voor smoes is het deze keer?' mopperde hij. 'Lekke band, open brug, dichte spoorbomen?'

Teddies lip trilde en haar ogen schoten vol.

Pullens schrok. 'Meisje, toch. Deze oude knorrepot maakte maar een grapje.'

Ze knipperde een paar keer met haar wimpers en haalde diep adem alsof we gingen doen wie het langste onder water kon blijven.

Pullens ging tegenover ons zitten, met zijn armen over elkaar. 'Vertel nou maar eens rustig wat er aan de hand is.'

Teddie seinde met haar ogen: Je gaat dus echt niet vertellen… Natuurlijk niet! seinde ik terug. Waar zie je me voor aan?

'Ze voelt zich niet zo lekker,' zei ik.

Dat was in ieder geval niet gelogen. En Teddies gezicht was nog steeds hartstikke wit, dus ze kon best een griepje onder de leden hebben.

'Je ziet er inderdaad belabberd uit,' zei Pullens tegen Teddie. Hij krabde in zijn dunne haar. 'Maud kan je beter naar huis brengen. Ik geef het wel door aan de leerkrachten.'

'Ik wil niet naar huis,' zei Teddie zodra we op het schoolplein kwamen. 'Dan gaat mijn moeder meteen vragen wat er is.'

'Plantsoentje.' Ik haalde mijn portemonnee uit mijn jaszak. 'Maar eerst langs de super voor chocola.'

Het zonnetje scheen. Teddie zette haar rolstoel pal naast een bankje zodat we naast elkaar konden zitten. Ik brak een dikke chocoladereep in stukjes en legde ze op het zilverpapiertje tussen ons in. We aten en zwegen en lieten de chocola op onze tong smelten. Boven ons zat een merel blij te fluiten. Zo irritant!

'Wat moet ik nou doen?' vroeg Teddie na een poosje. 'Als ik het aan mijn moeder vertel, wil ze vast scheiden.'

Jemig, zo ver had ik nog niet eens gedacht! De chocola gaf ineens een vieze bittere nasmaak in mijn mond.

Positief denken! 'Of ze gaan samen in therapie,' zei ik. 'En alles komt goed.'

'Of niet.' Teddies stem klonk mat.

'En als je nou niks tegen je moeder zegt?' stelde ik voor. 'Misschien gaat die verhouding van je vader vanzelf wel over. Loopt die vrouw morgen onder een auto of krijgt ze een enge ziekte.'

'Als dat zou kunnen,' zei Teddie uit de grond van haar hart. De merel sloofde zich nu zo erg uit dat het leek alsof hij aan een talentenjacht meedeed.

'Maar het kan ook nog tien jaar duren.' Teddie nam het laatste stukje chocola. 'Dat kan ik mijn moeder niet aandoen.'

'Dus je gaat het zeggen?'

Ze knikte. 'Maar pas na haar verjaardag. Anders is haar hele feestje verpest.'

De sjaal met de bolletjes stond Teddies moeder prachtig. 'Gefeliciteerd.' Ik gaf haar drie kussen en een bos bloemen, die ze meteen in het water ging zetten.

Toen waren Teddie en ik alleen met haar vader in de kamer.

Zijn telefoon maakte een brommend geluid. Hij pakte hem van de tafel en tuurde op het schermpje.

Teddie en ik keken elkaar aan. Het was vast een sms'je van dat mens!

Met een grote grijns stuurde hij een berichtje terug. Daarna legde hij de telefoon weer op de tafel. Teddies moeder kwam binnen met de bloemen in een vaas. Ze gaf ze een plekje op de buffetkast. 'Appelgebak of slagroomtaart?' vroeg ze.

'Slagroomtaart, alstublieft,' antwoordde ik. En die dan heel hard in het gezicht van Teddies vader smijten, dacht ik erachteraan.

Weinig kans.

'Ik ben nog even weg, schatje,' zei hij tegen zijn vrouw.

'Nu?' Ze was duidelijk niet blij.

'Je verjaarscadeau ophalen.' Hij zoende haar neus. 'Zo terug.'

Teddie en ik keken elkaar aan. Moest hij zelfs nu, op haar verjaardag...

'Als je maar opschiet. De visite komt zo.' Teddies moeder verdween weer naar de keuken om de taart aan te snijden. Haar man liep haar met zijn autosleutels achterna.

Toen waren we heel alleen met de telefoon in de kamer. Teddie aarzelde geen seconde en pakte het mobieltje. Fluisterend las ze het sms'je voor: 'Je hebt toch niets verklapt, hè? Mondje dicht, hoor!'

Zie je wel! Het was dat mens!

'Wat heeft hij terugge-sms't?' vroeg ik.

'Tuurlijk niet. Ik kom nu naar je toe. Ze moest eens weten!' Teddie kwakte de telefoon neer. 'De rotz...'

'Ssst,' siste ik met een knikje naar de deur.

Daar was Teddies moeder weer. 'Thee en taart.' Met een opgewekt gezicht schoof ze het dienblad op de tafel.

'Lekker,' probeerde ik zo enthousiast mogelijk te zeggen. Maar eigenlijk had ik heel veel zin om een potje te huilen.

We aten met lange tanden.

'Wat hebben jullie toch?' vroeg Teddies moeder.

'Niks, hoor.' Teddie zette haar bordje neer. 'Ik heb gewoon niet zo'n trek.'

'Die bolletjessjaal staat u prachtig,' zei ik om de aandacht af te leiden.

Toen hoorden we een auto aan de zijkant van het huis.

'Daar zal je vader zijn.' Teddies moeder wreef in haar handen. 'Ik ben zo benieuwd.'

Hij kwam binnen. En hij niet alleen. De vrouw met de weekendtas stond in de kamer!

Teddies moeder staarde haar aan. 'A-Annet?'

'Renée!'

En toen gebeurde er iets geks. De vrouwen vielen elkaar gillend in de armen.

'We hebben Annet twintig jaar geleden voor het laatst gezien,' vertelde Teddies moeder. 'Ze was mijn beste vriendin.'

'Net als Maud en ik!' riep Teddie.

Haar moeder knikte. 'Maar toen kreeg ze verkering met Sergio en ging ze in Italië wonen. In het begin hebben we elkaar nog brieven en kaarten gestuurd, maar uiteindelijk verwaterde onze vriendschap.'

Teddie en ik keken elkaar aan. No way dat wij dat ooit zouden laten gebeuren!

Annet nam een slokje van haar koffie. 'Tegenwoordig is het allemaal een stuk gemakkelijker om contact te houden via de mail of msn. Maar toen had ik nog geen internet en naar het buitenland bellen was peperduur.'

'Hoe hebben jullie elkaar weer gevonden?' vroeg ik nieuwsgierig.

Teddies vader klopte zich op de borst. 'Ik heb een oproep via Hyves gedaan. Een collega heeft zo ook een oude bekende opgespoord.'

'Ik ben gisteren al aangekomen. Jaap heeft me van het vlieg-veld opgehaald en naar een hotel gebracht,' zei Annet. 'Het moest allemaal heel stiekem, want Renée mocht er natuur-lijk nog niks van weten.'

'Nou, dat is dan prima gelukt.' Teddies moeder legde haar hand op de arm van Annet. 'Dit komt als een volslagen ver-rassing.'

'Zeg dat wel,' mompelde Teddie.

En toen slaakten we allebei een diepe zucht van opluchting.

Pyjamafeestje

'Leg het matras maar aan die kant,' commandeerde Teddie. 'Dan kan het luchtbed ernaast.'

Jemig, wat was het warm op haar kamer. Een riviertje van zweet liep over mijn rug. 'Konden we maar in de auto slapen,' mopperde ik. 'Die heeft tenminste airco.'

'Veel te krap.' Teddie pakte een tijdschrift van haar bureau en wapperde me koelte toe. 'Je zult zien hoe leuk het wordt. Ineke en Melissa hebben er ook heel veel zin in.'

Maar die hoefden geen bedden op te maken. En geen luchtbed op te blazen. Het pompje bleek stuk, dus moest ik het met mijn mond in plaats van mijn voet doen.

'Pfff, pfff.'

'Goed zo, Maud!' moedigde Teddie me aan, terwijl ze nog harder wapperde.

Een kwartiertje later voelde ik me net een hamster met uitgelubberde wangen en had Teddie ook nog lamme armen. We checkten of er genoeg cola in de koelkast stond en of er voldoende chips in de kast lagen. Toen waren we klaar voor Teddies pyjamafeestje.

'We beginnen met een horrormodeshow,' zei Teddie.

Door al die bedden op de grond kon ze haar Tedmobile amper keren. Daarom was ze zelf geen mannequin maar presentatrice.

Ineke trok het laken van haar bed en kroop eronder.

'Modelletje spook,' zei Teddie met een zangerige stem. 'Een bad hairday of een pukkel op uw neus? Met deze outfit is er niets meer van te zien.'

Ineke kon zelf ook niets meer zien. Omdat er natuurlijk geen ooggaten in het laken waren geknipt, knalde ze overal tegenaan. 'Au. Au.'

Teddie grinnikte. 'Je moet "boe!" roepen, suffie.'

Melissa smeerde een dikke laag Nivea op haar gezicht zodat ze akelig wit zag.

'Yeti, het sneeuwmonster,' raadde ik.

'Nee, joh.' Ze drapeerde haar sjaal als een sluier over haar hoofd. Daarna tilde ze de pot met de cactus van de vensterbank en hield hem vast alsof het een boeketje was. 'Tadatadáááá.' Met stijve pasjes liep ze over de catwalk – nou ja, over mijn matras. 'De bruid van Frankenstein!' riep presentatrice Teddie. 'Ziet ze er niet bééldig uit?'

'Als je maar niet met het bruidsboeket gaat gooien,' waarschuwde Ineke.

Ik wist al van tevoren dat het een griezelig avondje zou worden, dus had ik een lange nachtjapon met heel veel ruches van mijn oma geleend. In mijn hand hield ik een kandelaar met een kaars erin. 'Woehoe.'

'De geest van gekke Gea in bloedstollende nachtkleding,' zei Teddie.

'Woehoeoe!' Ik zwiepte met mijn armen en stak de bruid van Frankenstein bijna een oog uit.

Daarna was het tijd voor cola en chips. En voor de horrorfilm die Teddie had uitgekozen.

'Hij heet *Creepy Night*,' zei ze, 'en hij gaat over een pyjamafeestje.'

Het begin van de film was nog wel leuk: acht meiden lagen in een slaapkamer vol matrassen gezellig samen te kletsen.

Maar toen ging er eentje naar de wc en kwam in de badkamer een zwart en harig monster met klauwen tegen…
Ik sloeg vlug mijn handen voor mijn ogen.
'En toen waren er nog maar zeven.' Teddie wachtte een paar seconden. 'Oké, Maud. Sein veilig.' Dat zegt ze altijd als ik weer kan kijken.
Ik gluurde door de spleetjes tussen mijn vingers. Wat je veilig noemt. Het meisje lag in een grote plas bloed op de tegels. Het tweede meisje werd gegrepen toen ze in de keuken iets lekkers ging halen. Het derde meisje toen ze ging kijken waar het tweede meisje bleef. En zo ging het maar door. De lijken vielen bij bosjes.
'Gave film,' zei Melissa, terwijl ze steeds dichter tegen Ineke aan kroop.
Teddie vond hem vooral komisch. Ze moest in ieder geval steeds lachen, al kon dat ook van de zenuwen komen. Ineke vergat haar chips en staarde met open mond naar het scherm. Soms slaakte ze een gilletje van schrik.
Jemig, wat was ik blij toen de film was afgelopen. Maar ik had ook een probleem: ik moest hoognodig plassen. Gelukkig moest Ineke ook.
'Ik ga mee,' zei ik vlug.
'Ik ook!' riep Melissa.
Teddie wilde niet in haar eentje achterblijven en reed met ons mee naar de overloop. Ineke ging de badkamer in en wij bleven met zijn drieën voor de deur wachten. Ze deed hem niet op slot.
Teddies moeder kwam de trap op met een schaaltje kaas en worst. Ze keek naar ons alsof we zojuist gelande aliens waren.
'We moesten toevallig allemaal tegelijk naar de wc,' zei ik vlug.
Teddie snaaide een worstje van de schaal. 'Samen plassen is veel gezelliger.'
Haar moeder grinnikte. 'Vooral na een griezelfilm, zeker?'

'Tijd voor het kippenvelspel,' zei Teddie toen we weer op haar kamer waren.

Melissa begon. 'De afgeknipte teennagels van mijn opa.'

'Braaksel,' zei ik. 'Waar van die brokjes in drijven.'

'Goor!' Teddie rilde van afschuw en genot. 'In je neus peuteren en wat je eruit hebt gehaald opeten.'

'Jak!'

'We waren een keer op vakantie op Corsica,' vertelde Ineke. 'Mijn vader had kaas gekocht, maar er bleken wurmpjes in te zitten. Levende!'

Ik wilde net in een stukje kaas bijten. 'Ieuw!' Vlug legde ik het terug op de schaal.

'Hij dacht dat de kaas niet goed meer was en ging hem terugbrengen.' Ineke grijnsde. 'Bleek dat die wurmen erin hoorden. "Het is ook altijd hetzelfde met die toeristen," mopperde de kaasboer tegen mijn vader.'

Zo gingen we nog een tijdje door totdat we allemaal kippenvel hadden. Toen kwam Teddies moeder zeggen dat we moesten gaan slapen. We poetsten onze tanden en kropen in onze slaapzakken. Alleen Teddie lag in haar eigen bed.

'Truste.' Ze trok aan het lichtkoordje boven haar hoofd. Zodra de lamp uit ging, was het aardedonker in haar kamer.

'Je broodtrommel opendoen en dat er dan van die beschimmelde boterhammen in zitten met haartjes erop,' fluisterde Ineke.

Melissa giechelde. 'Hou op, smeerkees.'

'Van Brugge die met spuug praat en dat er dan een druppeltje op je wang komt,' zei Teddie.

'Gatver!' riep ik net iets te hard.

'Slapen, dames!' klonk de stem van Teddies vader.

Melissa giechelde nog een keer en toen was het stil.

Ik schrok wakker. Waar was ik?

O, ja, Teddies pyjamafeestje.

Ik tilde mijn hoofd op en tuurde naar de wekker. De licht-gevende cijfers gaven vier uur aan.

Plof!

Mijn hart maakte een sprongetje. Wat was dat?

Ik luisterde met gespitste oren. In het bed boven me maakte Teddie snurkgeluidjes. Ineke lag naast me en kreunde zachtjes in haar slaap. Verder was er niets te horen. Ik had het me vast verbeeld. Geeuwend draaide ik me om en deed mijn ogen dicht.

Plof, plof!

Daar was het weer! Dat geluid alsof er iemand op pantoffels door de slaapkamer liep.

Ik zat meteen stijf rechtop. 'T-Teddie, heb jij dat ook ge-hoord?'

Geen reactie. Ze snurkte als een knorrend varkentje verder.

Plof, plof, plof.

De haartjes in mijn nek gingen overeind staan. In mijn hoofd draaide een filmpje af. Over een monster dat meisjes vermoordde, bij voorkeur op pyjamafeestjes.

Cut! Een film was een film en niet echt.

Maar Melissa lag wel heel erg stil in haar slaapzak. Ik kon haar niet eens horen ademen. Stel je voor dat... Ik stak mijn hand uit om te voelen of ze nog levend was.

En toen gebeurde het. Er streek iets harigs langs mijn arm! Mijn mond ging als vanzelf open. 'Waaa!'

Melissa leefde nog. Ze vloog overeind. 'W-wat is er?'

'Hij is hier,' zei ik doodsbang.

Teddie was ook wakker. 'Wie?'

'Het monster,' piepte ik. 'Hij komt ons allemaal halen.'

'Jemig, Maud,' mopperde Ineke. 'Je mag nooit meer naar griezelfilms kijken. Ik kreeg bijna een hartverlamming.'

'Kijk dan.' Ik wees met een trillende vinger naar de groene ogen van het monster. 'Daar in de hoek.'

Het bleef drie tellen stil.

'Teddie,' fluisterde Melissa toen. 'Er ligt toevallig geen honk-balknuppel onder je bed?'

'Nee.' Teddie tastte paniekerig naar de muur boven haar hoofd. 'En ik kan dat stomme lichtkoordje ook al niet vinden.'

Plof, plof. De groene ogen kwamen dichterbij!

'Schiet nou o-hop!' riep Ineke.

Pats! De lamp ging aan. We knipperden met onze wimpers tegen het felle licht.

Huh?

Melissa grinnikte. 'Hoe komt die nou hier?'

'Miauw,' antwoordde het monster.

'Dat is kats voor "via het openstaande raam",' vertaalde Ineke met een blik opzij.

De kat ging op mijn slaapzak liggen.

'Wat een snoepie,' zei Teddie.

'Met het licht aan wel, ja!' Mijn hart dreunde nog na als een gong. 'Volgende keer huren we een leuke tekenfilm. *Gar-field* of zo.'

Poema

Teddies kamer was opgeruimd en Melissa en Ineke waren weer naar huis. De kat leek niet van plan om weg te gaan. Ze lag onder het bureau te soezen.

Teddie klopte op haar schoot. 'Kom dan bij het vrouwtje.' Het dier deed lodderig een oog open, maar bleef liggen waar het lag.

'Poes, poes, poes,' probeerde ik.

Geen reactie.

'Ze snapt het niet,' zei Teddie. 'We moeten een naam voor haar verzinnen, dan kunnen we haar beter roepen.'

We pijnigden onze hersens.

'Zwartje?' stelde ik voor.

Teddie schudde haar hoofd. 'Veel te afgezaagd. Er zijn al een miljoen Zwartjes en Blackies en Droppies.'

'Konijn!' riep ik. 'Voor een kat is dat hartstikke apart.'

'Dan denken ze dat ik ook nog blind ben.' Teddie haalde een zakdoek uit de zak van haar rokje en snoot haar neus. 'Nee, ik dacht meer aan een stoere naam zoals Batcat of Catwoman.'

'Het is een Nederlandse kat,' zei ik. 'Die verstaat geen Engels.'

Ze zoog op haar lip. 'Tijgertje, dan. Of Panter.'

Het werd Poema.

We gingen meteen oefenen. Teddie had een stukje worst uit de koelkast gehaald. 'Poema, kom eens kijken.'

Poema's neusje ging op en neer zodat ze toch even op een konijntje leek. Toen kwam ze onder het bureau vandaan.

'Ze weet nu al hoe ze heet!' riep Teddie blij.

Volgens mij was Poema gewoon net zo'n snoepkont als Ineke. Binnen een tel was het worstje verdwenen. Teddie zette de kat op haar schoot en zo gingen we naar beneden.

'Laat haar maar buiten,' zei Teddies moeder. 'Dan loopt ze vanzelf wel naar huis.'

We dropten Poema op het gras. Ze bleef als een plastic tuinkabouter staan.

'Hup, naar huis!' riepen Teddie en ik.

Poema draaide haar kopje om en keek ons heel zielig aan.

Ik smolt. 'Volgens mij wil ze bij ons blijven.'

'Niks ervan.' Teddies moeder klapte in haar handen. 'Vort, kat, vort!'

'Ze heet Poema, hoor,' zei Teddie.

Haar vader deed de achterdeur open. 'Wat zijn jullie aan het d…'

Nog voor hij was uitgesproken, rook Poema haar kans. Ik zag een zwarte streep voorbijkomen en tussen de benen van Teddies vader door glippen. Roefffff! Ze sprong op de vensterbank in de keuken en drukte haar snuitje tegen het raam. Het was net alsof ze ons uitlachte.

'Maud heeft gelijk.' Teddie zwaaide naar Poema. 'Ze wil bij ons blijven wonen.'

'En haar baasje dan?' vroeg Teddies moeder. 'Misschien zit er nu wel ergens een meisje te huilen omdat ze haar kat kwijt is.'

'Oké, oké.' Het leek wel of Teddie ook begon te sniffen. Maar waarschijnlijk had ze gewoon een kou gevat door het openstaande raam. 'We gaan wel even rondvragen of er in de buurt een kat wordt vermist.'

We begonnen in de Ooievaarstraat. Ik belde bij het eerste huis aan en een man deed open.

'Bent u een kat kwijt?' vroeg Teddie op een toon van: durf eens 'ja' te zeggen.

'Ik haat katten,' antwoordde hij. 'Ze poepen altijd in mijn tuin.'

'Poema niet, hoor.' Teddie keerde de Tedmobile. 'Kom op, Maud.'

Bij het tweede huis hadden ze drie katten, maar het trio was nog compleet. Hun buren waren niet thuis en de mensen die daarnaast woonden, hadden geen katten, dat wist Teddie al.

Op nummer 10 werd wel een huisdier vermist, maar het ging om een weggelopen hond.

Daarna deden we de Lijsterstraat en toen de Spreeuwenhof. We liepen en reden de hele Vogelbuurt af, maar we vingen overal bot.

Nu moet ze wel hier blijven.' Teddie snoot voor de zoveelste keer haar neus. Heel zachtjes, om Poema niet wakker te maken. De kat lag op haar schoot te slapen. We hadden haar zalm uit blik gevoerd.

'Je kunt de dierenarts nog proberen,' zei Teddies vader. 'Misschien heeft de eigenaar haar laten chippen.'

We zochten in de *Gouden Gids* naar de dichtstbijzijnde praktijk. Omdat we geen reismandje hadden, stopten we Poema in een boodschappentas.

Haar kopje piepte boven de rand uit. 'Miauw.'

Ik plantte de tas op Teddies schoot en duwde de Tedmobile naar buiten.

Dierenarts Huisjes was vlakbij. We gingen in de wachtkamer zitten, naast een man met een papegaai in een kooi.

'Komt een man bij de dokterrrrr...' riep de papegaai.

Teddie kon ook wel een dokter gebruiken, ze moest de hele

68

tijd niezen en snotteren. Tegen de tijd dat we aan de beurt waren, zag haar neus zo rood als een aardbei.

Huisjes zette Poema op de behandeltafel en controleerde of ze gechipt was. 'Helaas, dames. Ik kan de eigenaar niet voor jullie achterhalen.'

Teddie juichte zonder geluid.

Zodra we weer op straat stonden, belde Teddie haar moeder. 'Hoi, mam. Poema heeft geen – hatsjoe! – chip. Mag ik haar – hatsjoe! – dan houden?'

'Zeg maar dat ik elke dag help met de kattenbak schoonmaken!' riep ik.

Toen mocht het heeeel misschien.

Poema zou op zijn minst een tijdje blijven logeren. Dus gingen we op de terugweg langs de super om kattenvoer te kopen. Op de glazen deur hing een bordje met VERBODEN TOEGANG VOOR HUISDIEREN. We haalden Poema uit de tas en verstopten haar onder Teddies jas. Ik droeg de tas en het winkelmandje.

'Hierlangs!' riep Teddie, voordat ze weer een niesbui kreeg. Er was een complete afdeling met alleen maar honden- en kattenvoer. Ze verkochten echt van alles. Zakken met droge brokken, maar ook fraai verpakte culinaire kattenhapjes met vers vlees of verse vis. En zelfs speelgoedjes! We kozen een rubberen muis die kon piepen.

'Miauw,' deed Poema, wat volgens mij kats was voor 'vet cool'.

Toen we gingen afrekenen, zat het kassameisje de hele tijd naar Teddie te loeren. Vanwege de Tedmobile, dacht ik. Of door de bewegende bobbel onder Teddies jas. Tot mijn blik op Teddies gezicht viel…

Ik schrok me rot! Het leek wel alsof ze een acute aanval van acné had gekregen. En haar ogen! Ze waren dik en rood alsof ze de hele nacht had liggen huilen.

Ik rekende vlug af en deed de spullen in de tas. Teddie zat zich hevig te krabben alsof ze kattenvlooien had.

'Ehm,' begon ik toen we buiten kwamen.

'Wat?' vroeg Teddie.

'Niet schrikken,' zei ik. 'Maar misschien moet je even in de winkelruit kijken.'

En toen schrok ze zich toch nog rot.

Zodra we thuiskwamen, moest Teddie van haar ouders naar bed. 'Alleen als Poema mee mag,' zei ze.

Even later lag ze onder haar dekbed met de kat aan haar voeten. Haar armen waren al net zo pukkelig als haar gezicht.

'Niet krabben.' Ik trok haar hand weg.

'Maar dan word ik gek van de jeuk.'

Haar moeder nam haar temperatuur op. 'Je hebt koorts, ik ga de dokter bellen.'

Met pijn in mijn buik zat ik in de huiskamer te wachten. Boven me hoorde ik stemmen. De zware bromstem van de dokter en de hoge, zenuwachtige stem van Teddies moeder. Toen klonken er voetstappen op de trap. Het was Teddies vader. Hij hield Poema met gestrekte armen voor zich uit alsof het een baby met een heel vieze luier was. 'Dat beest gaat onmiddellijk het huis uit.' Hij duwde de kat in mijn armen. 'Volgens dokter Geurts heeft Teddie een acute allergieaanval omdat ze niet tegen kattenharen kan.' Toen stampte hij weer naar boven.

Daar stond ik dan. Met die lieve, arme Poema. Wat moest ik in hemelsnaam doen?

Haar buiten zetten, had geen zin. Dat hadden we al geprobeerd. Aan mijn ouders vragen of ik haar mocht houden? Maar dan zou Teddie nooit meer bij ons kunnen komen zonder ziek te worden. Nee, er zat maar één ding op: enkele reis asiel.

Ik kon de honden al horen blaffen toen ik binnenkwam.

'Je moet Bas hebben!' riep een meisje in een overall. 'Ik doe hier alleen maar vrijwilligerswerk.' Ze gebaarde naar achteren. 'Gewoon op het geluid afgaan, dan vind je hem vanzelf.'

Ik liep tussen de kooien door. Honden sprongen tegen het gaas. Daarna kwamen de katten. De meeste dieren zagen er minder zielig uit dan ik had verwacht. Helemaal achteraan stond een man met een tuinslang. Hij droeg net zo'n overall als het meisje, alleen had hij zijn pijpen in een paar groene kaplaarzen gestopt.

'Bas?' vroeg ik.

Hij knikte. 'En wie zijn jullie?'

'Ik heet Maud en dit is Poema. Nou ja, zo hebben we haar genoemd, mijn vriendin en ik. Maar toen werd ze ineens ziek, mijn vriendin bedoel ik, en…' Ik zag het pukkelige, opgeblazen gezicht van Teddie weer voor me en mijn ogen schoten vol.

'Laten we even naar het kantoortje gaan,' zei Bas. 'Dat praat wat gemakkelijker.'

Ik haalde de zoveelste tissue uit het doosje dat Bas voor me had neergezet, snoot mijn neus en boende mijn wangen droog. 'S-sorry, je zult wel denken.'

'Welnee, het is heel logisch dat je je druk maakt.' Hij had Poema op zijn schouder gelegd en voerde haar af en toe een kattenbrokje uit de zak van zijn overall. Ze had het prima naar haar zin en maakte spinnende geluiden.

'En het is ook heel begrijpelijk dat jullie niet meer voor haar kunnen zorgen.' Hij schoof me een notitieblok toe. 'Dat zullen wij doen, totdat Poema door een nieuwe baas wordt geadopteerd. Als je je gegevens achterlaat, houden we je op de hoogte.'

Ik krabbelde mijn naam, adres en 06-nummer op het blok.

'Nou, bedankt dan.' Ik ging staan en slikte. 'Dag, lieve Poema.'

Toen draaide ik me om en liep zo snel mogelijk het gebouw uit.

Een paar dagen later was Teddie weer bijna helemaal opgeknapt en mocht ik op ziekenbezoek. Ze zag er stukken beter uit. Oké, ze glom nog een beetje, maar dat kwam door de anti-jeukzalf, waarmee ze zich nog een poosje moest insmeren.

'Cadeautje!' Ik legde een pakje op haar bed. Er zat een poezenknuffel in.

Ze scheurde het papier los. 'Wat lief! Precies Poema.'

'Maar van deze word je niet ziek.'

We zwegen even en dachten aan Poema. Toen ging mijn mobiel.

'Met Bas. De eigenaar van Poema is terecht. Nou ja, de kat heet dus eigenlijk Poekie.'

'Stomme naam,' vond Teddie, die meeluisterde.

'Vinden jullie het goed als mevrouw Van Someren jullie even komt bedanken?' vroeg Bas.

'Oké. Maar we zijn niet bij mij maar bij Teddie.' Ik noemde het adres.

Mevrouw Van Someren was, zeg maar, een kat in mensenuitvoering. Ze droeg zwarte kleding en had poezelig, inktzwart haar. Haar blik was katachtig, wat waarschijnlijk door haar valse wimpers kwam.

Ze wilde niet gaan zitten en stak meteen van wal: 'Ik was een weekje op zakenreis.' Haar lange nagels tikten tegen de doos die ze onder haar arm hield geklemd. 'Mijn buurmeisje paste op de katten, maar Poekie ontsnapte. Hillie durfde het tegen niemand te zeggen. Ze hoopte dat Poekie uit zichzelf terug zou komen, maar dat deed ze dus niet. Ik hoorde het pas toen ik thuiskwam en heb meteen alle dierenartsen en dierenasielen in de wijde omgeving gebeld.' Ze zette de

doos op Teddies bed. 'Bas vertelde me dat jullie Poekie gevonden hebben. Daarom dit bedankje.' Ze gaf de doos een
schouderklopje. 'En nu moet ik gaan, want Poekie zit alleen
in de auto te wachten.'

Een zwarte streep en toen – roefff! – was ze weg.

Teddie grinnikte. 'Precies Poema.'

'Poekie.' Ik snuffelde aan de doos en grinnikte. 'Het zou me
niet verbazen als er vis in zat.'

'Of dooie muizen.' Teddie tilde het deksel op.

Niks vis of muizen. Vier glimmende moorkoppen lachten
ons toe.

'Jammie!' Teddie haalde er eentje uit. 'Op Poema. Gelukkig
ben ik niet allergisch voor chocola.'

Docentendag

Op de laatste schooldag voor de herfstvakantie hebben we altijd docentendag. De leerkrachten doen iets waarbij ze helemaal uit hun dak kunnen gaan en wij moeten ernaar kijken. Zo hebben ze een keer een Griekse tragedie opgevoerd en stonden ze drie uur lang met alleen een laken en sandalen aan op een podium tegen elkaar te schreeuwen. Gaap!

Vorig jaar deden ze *Idols* en ook dat was een ramp. Swarte is de enige die een beetje kan zingen, de rest van de docenten hielp de hele top veertig om zeep.

'Als ze slim zijn, doen ze een playbackshow,' zei Teddie.

Maar leerkrachten staan blijkbaar graag voor paal. Ditmaal werd het een vossenjacht, zodat het hele dorp kon meegenieten.

De docenten waren de vossen. Achtentwintig stuks om precies te zijn en wij moesten ze allemaal opsporen.

Teddie en ik begonnen met een rondje om de school. In het plantsoentje aan de achterkant stond een man in een blauwe overall vuil tussen de struiken uit te halen.

'Dat zou een vos kunnen zijn,' fluisterde Teddie.

Hij zette zijn pet af en wreef over zijn haar. Het bewoog!

'Een pruik!' riep ik opgewonden.

De man draaide zich om en toen zagen we het meteen. Pullens, de conciërge!

'Gefeliciteerd, jullie zijn de eersten,' zei hij, terwijl hij ons een papieren vosje met zijn naam als bewijs gaf.

Teddie praatte ineens heel raar. 'Meneer Pullens,' fluisterde ze zonder haar mond te bewegen. 'Omdraaien, jagergevaar.'

Ik keek om. Ineke en Melissa kwamen de straat in.

Pullens keerde ons vlug de rug toe en ging op zijn hurken zitten.

'Kom op, Maud.' Teddie reed zingend voor me uit. 'Pompidompidom.'

Ik rende achter haar aan en botste bijna op een vrouwelijke postbode. Ze legde haar hand beschermend op haar tas.

Huh? Er zaten geen brieven in maar kranten.

Ik keek de postbode diep in de ogen. 'Mevrouw Harmsen?'

'Goed geraden.' Ze gaf me een papieren vosje.

'Nog maar zesentwintig te gaan,' zei Teddie opgewekt.

Op de markt stond een vrouw achter een schildersezel. De kraampjes op het doek leken precies op de echte marktkramen.

'Lang, dun en ze kan hartstikke goed schilderen.' Teddie hield haar hand op voor een vosje. 'Makkie, mevrouw Kwast… eh… Kwisthout.'

Van Brugge van wiskunde liep heupwiegend tussen het winkelend publiek. Hij droeg een enorme oorbel in zijn linkeroor en had zijn veel te strakke leren broek in zijn laarzen gestopt. Toen we het vosje in ontvangst namen, zag ik dat hij zelfs eyeliner had gebruikt!

'Net een meid,' fluisterde Teddie.

Dat vond iemand anders blijkbaar ook, want Van Brugge werd nagefloten. We kwamen niet meer bij.

De rector was vandaag clown en deelde ballonnen uit voor de deur van McDonald's. Snelring had zich als een heel oud mannetje vermomd en wandelde met zijn hondje door het park. Wetsels zat te vissen aan de waterkant. Met levende pieren!

Swarte was gesluierd en droeg een lange jurk. We waren haar al drie keer voorbijgelopen toen Teddie ineens een stuk laars van nepslangenleer onder de jurk uit zag piepen. Bingo!

We verlieten het park en staken over.

'Daar.' Teddie wees naar de fontein op het Molenplein. 'Dat moet een vos zijn. Normale mensen lopen niet in zulke kleren.'

Op de rand zat een man in jacquet. Hij leek weggelopen uit een oude zwart-witfilm. Zijn in witte handschoenen gestoken handen rustten op een wandelstok met een zilverkleurige knop.

'Die snor,' fluisterde Teddie.

Het was er eentje waar een walrus jaloers op zou zijn.

'Vals, natuurlijk,' zei ik.

We kwamen dichterbij. De man had zijn hoed naast zich op de rand van de fontein gelegd. De haren op zijn hoofd zagen eruit als een minitapijtje.

'Een toupetje,' zei ik. 'Zeker weten.'

Maar we wisten niet zeker welke leraar het was.

'Die nieuwe van wiskunde,' gokte Teddie. 'Ik geloof dat hij Van Deursen heet.'

Zou kunnen. We kregen geen les van hem en hadden hem nog niet zo vaak gezien.

'Nou ja, een vos is een vos.' Teddie reed op hem af. 'Meneer!'

'Gil niet zo, meisje.'

Ze grinnikte. Ik kwam achter haar staan.

'Moeten jullie niet naar school?' vroeg hij met een afgeknepen stem.

'Goeie.' Teddie hield haar hand op voor een papieren vosje. 'Maar zou u ons dan eerst niet iets geven?'

'Bedelen is verboden,' mopperde Van Deursen. 'Ook als je in een rolstoel zit.'

Teddie knipoogde. 'U kunt nog beter acteren dan ik.'

'Acteren?' Van Deursen tikte met zijn wandelstok tegen de Tedmobile. 'Dus je bent niet echt gehandicapt?' Hij keek opzij en begon ineens te wenken en te roepen: 'Agent! Agent!' Een streng uitziende man in een blauw politie-uniform kwam op ons af. 'Is er een probleem?'

'Dit meisje is een oplichtster,' zei Van Deursen.

Teddie gierde het uit. 'U verdient een Oscar.'

Van Deursen bleef in zijn rol. 'Ik wil dat u haar arresteert.' De agent haalde een opschrijfboekje uit zijn zak en toen kreeg ik het toch wel een beetje benauwd. 'H-het is maar een grapje,' stotterde ik.

'En jij bent medeplichtig,' zei Van Deursen.

Hallo, dit was niet leuk meer. 'Hij doet maar alsof,' zei ik tegen de agent. 'Het is een vos.'

'Kijk maar.' Teddie stak haar arm uit. Omdat Van Deursen nog steeds op de rand van de fontein zat, kon ze zijn tapijtje van haar net bij de kladden grijpen.

Bewijs geleverd. Het was een toupetje.

Van Deursen ging helemaal door het lint. Nou ja, ik begon er langzamerhand aan te twijfelen of dit wel de echte Van Deursen was.

'Ik eis mijn haar terug!' riep hij. 'Ik eis dat die meiden worden aangepakt. Taakstraffen, een opvoedingsgesticht, het kan me niet schelen, als ze maar…'

Ik kon wel door de grond gaan! Het hele Molenplein gaapte ons aan.

'Rustig maar, meneer,' zei de agent. 'Laat dit maar aan de sterke arm der wet over.' Hij trok het toupetje uit Teddies hand en legde het op de schoot van de man. Toen gebaarde hij naar Teddie en mij. 'Meekomen.'

Ik voelde me een lammetje op weg naar de slachtbank. 'Hoe hebben we ons zo kunnen vergissen?' mopperde ik tegen Teddie.

Ze zuchtte. 'Hij had ook zulke rare kleren aan.'

De agent liep naast ons. Van de zijkant zag hij er best vriendelijk uit.

'Zouden we echt straf krijgen?' fluisterde ik.

'Geen idee.' Teddie haalde diep adem. 'Meneer, het spijt ons echt heel erg. Het was een vergissing. We doen mee met een vossenjacht en we dachten dat die man...' Zo ratelde ze minstens drie minuten door, tot aan het moment dat we voor het politiebureau stonden.

Ik zweette hele peentjes. Als hij ons nou maar geloofde!

Hij schraapte zijn keel. 'Een vossenjacht dus?'

'Ja. Alle leraren hebben zich verkleed en...' Ik keek nu pas goed naar zijn uniform. Er was iets mee. De kleur of het model, ik wist niet precies wat. Mijn ogen gingen omhoog. Tegenwoordig droegen ze ook heel andere petten. Het drong als een donderslag tot me door. 'Meneer Van Deursen?'

Hij lichtte zijn pet even op. 'Jullie redder in nood.'

'Oooo!' riep Teddie.

En toen kregen we eindelijk ons papieren vosje.

Röntgenogen

We zaten met Teddies moeder in de woonkamer thee te drinken, toen de achterdeur openging.

'Hoooi!' klonk het vanuit de keuken.

Het was Ingrid, de zus van Teddie. Ze is actrice en heeft zelfs een tijdje in de soapserie *Verliefd & Verraden* gespeeld.

'Ik moet jullie iets vertellen!' Ze trok haar jas en handschoenen uit en mikte ze op de bank. 'Zooo leuk. Jullie raden het nooit.'

Moest je net tegen Teddie zeggen, haar fantasie sloeg meteen op hol. 'Brad Pitt heeft je gevraagd voor zijn volgende film.'

'Was het maar waar,' zei Ingrid.

Teddie zoog op haar lip. 'Je hebt een miljoen in de staatsloterij gewonnen.'

Ingrid schonk zichzelf een kop thee in. 'Dan was ik nu niet hier maar aan het shoppen.'

'Ehm...' Teddie straalde ineens alsof ze zelf dat miljoen had gewonnen. 'Ik weet het. Je bent zwanger!'

Als dat zou kunnen! Ingrid had al een dochter: Lieske. Het leek me hartstikke gaaf als die een zusje of broertje zou krijgen. En mij niet alleen. We hielden alle drie onze adem in en keken vol verwachting naar Ingrid. Teddies moeder was zelfs op het puntje van haar stoel gaan zitten.

Ingrid legde haar hand op haar buik. Hij was nog zo plat als een dubbeltje. 'Voorlopig niet, hoor.'

Teddie en ik ademden weer uit. Haar moeder liet zich teleurgesteld achteroverzakken.

'Zal ik het dan maar zeggen?' Ingrid graaide in haar tas. 'Kijk, ik heb kaartjes gescoord voor de liveshow van Nigel Case.'

'Cool!' riepen Teddie en ik.

Teddies moeder fronste haar wenkbrauwen. 'Is dat een popster of zo?'

Je zou bijna gaan denken dat ze de afgelopen drie jaar op een onbewoond eiland had gezeten. Zonder radio, tv of computer.

'Nigel Case.' Teddie sprak zijn naam heel nadrukkelijk uit alsof ze het tegen een peuter had. 'Babyfluisteraar, medium, helderziende, paragnost.'

'Elke donderdag op televisie.' Ingrid zong de begintune terwijl ze met haar wijsvingers in de lucht roerde. 'Amazing Cááááse.'

Teddies moeder haalde haar schouders op. 'Ik hou niet zo van zweef-tv.'

'Maar ik heb expres drie kaartjes gekocht!' Ingrid legde ze op tafel. 'Een rib uit mijn lijf. Drie ribben!'

'Dan gaan Maud en ik toch mee?' zei Teddie. 'Kan mama mooi op Lieske passen.'

'Dus jullie gaan morgen naar Nigel Case?' Mijn vader keek erbij alsof we niet goed snik waren.

'Hij heeft een heel bijzondere gave, hoor,' zei Teddie.

Nu lachte mijn vader ons ook nog uit.

'Het is echt zo!' riep ik verontwaardigd. 'Nigel heeft een soort röntgenogen waarmee hij dwars door je heen kan kijken. Hij weet meteen wat voor karakter je hebt en wat je sterke en zwakke punten zijn. Hij kan zelfs dingen uit je verleden zien.'

Mijn vader haalde zijn schouders op. 'Wat die Nigel kan, kan ik ook.'

Toen keken Teddie en ik naar mijn vader alsof hij niet goed snik was.

'Ik wil het best bewijzen,' zei hij. 'Maar dan heb ik een vrijwilliger nodig.'

Het moest iemand zijn die mijn vader niet kende, dus onze vriendinnen vielen af.

'Een vreemde van straat plukken?' bedacht Teddie.

'Ja hoor, alsof dat lukt.' Ik zette een mistige stem op. 'Wilt u even met ons meegaan zodat mijn vader zijn magische krachten op u kan uitproberen?'

'Misschien kunnen we iemand omkopen.'

'Waarmee?' Ik was al twee dagen blut.

'Tja.' Teddie zoog op haar lip. 'Mijn tante Chantal!' riep ze ineens. 'Die is altijd in voor iets geks.'

Tante Chantal had altijd in Limburg gewoond. Na haar scheiding was ze naar ons dorp verhuisd, nog maar een paar weken geleden. Teddie belde haar op en legde alles uit. Ik hield mijn oor bij de hoorn zodat ik mee kon luisteren.

'Is het wel een beetje een leuke man?' vroeg Chantal alsof het om een blind date ging in plaats van om een serieus wetenschappelijk experiment. 'Ik bedoel, het is toch geen engerd of zo?'

'Handtam,' antwoordde Teddie alsof mijn vader een cavia was. 'Trouwens, Maud en ik blijven ook bij de sessie, dus er kan niks gebeuren.'

'Vooruit dan maar,' zei Chantal. 'Ik was het toch al spuugzat.'

'Wat?'

'De keuken. Ik ben aan het witten.'

'O.' Teddie gaf ons adres door aan haar tante.

Ik ging mijn vader roepen. 'Over tien minuten is je proef-konijn hier.'

'Wist ik al.' Hij tikte grijnzend tegen zijn slaap. 'Gedachte-lezen is een van mijn specialiteiten.'

Tante Chantal kwam op de fiets. Ze droeg een paar stevige laarzen, een wijde broek met veel zakken en een windjack met een capuchon. Haar gezicht en handen waren poepie-bruin.

'Weekje Aruba,' fluisterde Teddie in mijn oor.

'Welkom,' zei mijn vader. 'Ga zitten.'

Ze trok haar jas uit, legde hem op de bank en streek haar verwaaide haren glad. 'Chantal, aangenaam.'

'Niks meer zeggen!' riep Teddie. 'Anders verraad je alles al.'

Chantal deed alsof ze haar mond dichtritste.

Mijn vader humde en knikte. Toen stak hij van wal. 'Ik krijg een associatie met de natuur. U bent graag buiten?'

'Klopt.'

'U maakt zich zorgen over het milieu, de opwarming van de aarde.'

'Klopt.'

'Als iedereen dacht zoals u, zou de wereld er een stuk beter uitzien.'

'Precies!' riep Chantal.

Dat mijn vader dat allemaal wist. Eerlijk is eerlijk, ik voelde iets van bewondering opkomen.

Mijn vader voelde ook iets opkomen. 'Wacht, ik krijg een boodschap door.' Hij spreidde zijn armen, draaide zijn handpalmen naar het plafond en tuurde ingespannen om-hoog.

Teddie, tante Chantal en ik tuurden met hem mee. Ik ver-wachtte bijna dat er een lichtstraal op hem neer zou dalen.

'Ik zie een p,' zei mijn vader.

Waar dan? Ik zag alleen lichtbeige gesausd stucwerk.

'Kent u misschien iemand wiens naam met een p begint?' vroeg hij aan Chantal.

'Ik geloof het niet,' zei ze aarzelend.

'Het kan ook een land met een p zijn,' vervolgde mijn vader. 'Of een plaats...'

We keken nog steeds allemaal omhoog. Ik kreeg er een stijve nek van.

'Of, nee, wacht...' Mijn vader zweeg even. 'Het kan ook een d zijn! Do... Da... De...'

'Oom Derek!' riep Teddie voor haar beurt.

'Derek.' Mijn vader lette niet meer op het plafond en legde zijn handen nu op de schouders van Chantal. 'Waarom zie ik iemand schilderen?'

'Omdat ik het nu zelf moet doen,' mopperde ze.

'Je bent boos.' Mijn vader keek haar doordringend aan. Precies zoals Nigel met zijn röntgenogen op tv altijd deed. 'En verdrietig.'

'Vooral boos,' prevelde Chantal. 'Wat die rotzak...'

'Ja, Derek heeft je heel wat aangedaan. Je gekwetst en in de steek gelaten.'

Hoe wist mijn vader dat Chantal nog maar net gescheiden was?

Teddie was al net zo verbijsterd als ik. Haar mond hing een stukje open, waardoor ze er niet al te snugger uitzag.

'Maar jij bent sterk, Chantal,' zei mijn vader met een meelevende stem. 'Jij kunt heel goed voor jezelf zorgen.'

'Nou...'

'Soms twijfel je aan jezelf.' Mijn vader rammelde haar zachtjes door elkaar. 'Hoeft niet. Je bent veel flinker dan je zelf denkt. Er was moed voor nodig om hierheen te verhuizen. Dat heb je toch maar mooi gedaan! En als je woning straks is opgeknapt, zul je je snel helemaal thuis voelen. Je hebt Derek niet nodig om gelukkig te worden.'

Zo ging het nog een tijdje door. Chantals hoofd was net

een wipkip. Ze bleef maar knikken bij alles wat mijn vader zei.

De sessie was voorbij. Chantal glimlachte breed en pakte mijn vaders hand. Ik dacht even dat ze hem zou gaan kussen, maar ze schudde hem alleen maar heel lang en heel uitgebreid. 'Bedankt meneer Van Deventer. Ik heb me in tijden niet zo goed gevoeld.'
Ik voelde me helemaal niet goed. Het was alsof ik zojuist levenslang kamerarrest had gekregen. Een telepathisch begaafde vader betekende: einde vrijheid. Als ik alleen maar aan spijbelen dácht, zou hij het al weten. Ik kon nooit meer iets stiekems doen.

Mijn vader liet Chantal uit.
'Wojo, hij kan het echt.' De bewondering droop van Teddies stem.
'Weet je wel wat dat betekent?' mopperde ik.
'Nou en óf!' zei ze. We kunnen optredens gaan organiseren. Eerst in het buurthuis en daarna in grotere zalen. Schouwburgen, concertpodia. Over een paar maanden staan we in een uitverkocht voetbalstadion. En als klap op de vuurpijl...'
Mijn vader kwam handenwrijvend de kamer weer in.
'...krijgen we een eigen programma op tv, net als Nigel!' riep Teddie. 'We worden rijk, meneer Van Deventer!'
Ik dacht aan een zwembad in de tuin. Een nieuwe garderobe en drie extra kledingkasten. Misschien was die gave toch zo gek nog niet.
'We?' Mijn vader grinnikte.
'Nou ja, u,' gaf Teddie toe. 'Maar als u ons een paar procentjes voor het idee wilt geven, slaan we dat natuurlijk niet af.'
Ik deed alsof ik in trance was en mompelde: 'Ik zie, ik zie... eurotekens.'

'Stelletje geldwolven.' Mijn vader sloeg zijn armen over elkaar. 'Zal ik jullie het trucje dan maar leren?'
Teddie en ik keken elkaar aan. Trucje?
'Jullie dachten toch niet echt...' Hij kreunde. 'Hoogste tijd voor een snelcursus: hoe word ik net zo helderziend als Nigel Case?'

We begonnen met een rollenspel.
'Jij bent Chantal.' Mijn vader duwde me naar de gang.
Ik kwam binnen. 'Chantal. Aangenaam.'
'Fout!' riep Teddie. 'Je moet met een zachte g praten.'
'Chantal. Aangenaam,' probeerde ik met een Limburgs accent te zeggen.
Teddie moest lachen.
'Nu weten we dus al dat Chantal uit het zuiden komt.' Mijn vader tikte met zijn wijsvinger onder zijn oog. 'Stap twee: observatie. Het uiterlijk kan veel over iemand zeggen. Neem nou Chantals kleding...'
'Laarzen, stoere broek, windjack,' somde ik op.
Teddie knikte. 'Niks bijzonders.'
'Er zat iets op haar jas.' Mijn vader wees het plekje aan.
'Haar speldje van Greenpeace!' riep Teddie. 'Dus daarom zei u dat van de natuur en het milieu en de opwarming van de aarde.'
'Precies.'
'Maar hoe kon je haar gedachten lezen?' Ik ging op de bank zitten. 'Dat van dat de wereld er beter uit zou zien als iedereen zo was als zij.'
'Gewoon een algemene opmerking. Het had ook op jou kunnen slaan, of op Teddie. Volgens mij denkt bijna iedereen zo over zichzelf.'
Tja, daar zat wat in.
'Maar die d op het plafond dan?' vroeg Teddie. 'Ik zag helemaal niks.'

85

Mijn vader grinnikte. 'Ik ook niet, want ik zat stiekem naar Chantal te kijken om te zien of ze zou reageren. Dat deed ze niet, in ieder geval niet bij de p, dus toen heb ik er vlug een d van gemaakt.'

'En toen kwam jij met je oom Derek.' Ik gaf Teddie een stomp. 'Papa hoefde niks meer te raden, jij hebt het hem gewoon voorgezegd.'

'Zo gaat het meestal,' zei mijn vader. 'Ik had al een wit streepje om Chantals ringvinger gezien, dus ik gokte erop dat ze nog niet zo lang geleden een trouwring had gedragen. Toen ze zo boos over die Derek begon, wist ik meteen hoe het zat.'

Wow. Ik was zwaar onder de indruk. 'En waarom begon je over dat schilderen?'

'Er zat een verfvlekje in haar haren.'

'En toen ze mopperde dat ze het zelf moest doen, dacht u: gescheiden, verhuisd, nieuwe woning, klussen...' Teddie bewoog woest met haar armen. 'Ik snap het nu helemaal.'

'Ik ook,' zei ik met een zucht. 'Daar gaan onze procentjes.'

We vertelden alles aan Ingrid.

Ze was even stil. 'Zal ik de kaartjes dan maar inwisselen?'

'Helemaal niet,' zei Teddie. 'We hebben een plan.'

Ik knikte. 'En Teddie is het lokaas.'

Ik tuigde Teddie op als een kerstboom. Een button van het Wereldnatuurfonds op haar trui. Een Ajax-sjaaltje en een lading roodwitte kettingen om haar nek. Zweetbandjes van Ajax om haar polsen. Minivoetballetjes aan haakjes in haar oren.

'Is het niet té opvallend?' vroeg ze met een blik in de spiegel.

'Welnee.' Ik hing een pandabeertje aan de Tedmobile. 'Nigel springt een gat in de lucht als hij al die aanwijzingen ziet. Ik weet zeker dat hij je uitkiest.'

Teddie grinnikte. 'Heb jij nu ook al voorspellende gaven?'

De zaal zat stampvol. De rolstoelplaatsen waren helemaal vooraan. Omdat Ingrid en ik bij Teddie hoorden, kregen ook wij een plek op de eerste rij. Mijn hart bonkte toen de begintune klonk en de gordijnen opengingen.

'Hier is hij dan...' schalde een stem uit een luidspreker. 'Nigel Case!'

Hij zag er kleiner uit dan op tv, maar hij droeg wel een gave bloes met ruches. Op zijn wang zat een microfoontje geplakt. 'Hallo allemaal.' Hij ging op een hoge kruk zitten. 'Wie mag ik naar voren roepen?'

Tientallen vingers vlogen omhoog.

Kies Teddie, kies Teddie! probeerde ik Nigel te bezweren.

Hij liet een oudere vrouw met poedelhaar naar voren komen. Ze zei dat ze Rita van Buren heette, kreeg een microfoontje en mocht naast Nigel op een reuzenpoef plaatsnemen. Hij stelde een paar vragen en zij vertelde dat ze haar overleden man Karel zo miste. Prompt beweerde Nigel dat de geest van Karel op het podium stond.

'Jaja,' fluisterde Teddie.

Boem! Een decorstuk viel om.

Er ging een schrikgolf door de zaal.

'Niet bang zijn,' zei Nigel. 'Zo wil Karel ons laten merken dat hij er is.'

Rita huilde van ontroering en haalde een zakdoek uit haar mouw. De geest zei nog een paar troostende woorden via Nigel. Toen volgde er een daverend applaus en mocht Rita weer terug naar haar plaats.

'Wie wordt mijn volgende vrijwilliger?' Nigels ogen gleden over de eerste rij.

Ik baalde, want hij was Teddie en haar opgestoken vinger al voorbij. Maar toen ging hij ineens in zijn achteruit en zijn blik bleef bij het Ajax-sjaaltje hangen!

'Dat meisje in die rolstoel,' zei Nigel. 'Kunnen jullie haar even naar boven dragen?'

Yes, Yes!

Uit de coulissen kwamen twee spierbundels. Ze gingen ieder aan een kant van de Tedmobile staan en tilden hem op. Binnen een paar seconden zat Teddie op het podium met een schijnwerper op haar gericht.

Ik werd plaatsvervangend zenuwachtig.

Teddie had nergens last van. Ze lachte in de camera en zei heel duidelijk haar naam. Natuurlijk begon Nigel met een zwamverhaal over Teddies zogenaamd grote hobby voetbal. Of ze vroeger zelf had gevoetbald? Of was ze altijd al verlamd geweest? Maar ze droomde er vast wel eens van?

Het viel me nu pas op dat hij achter elke zin een vraagteken zette.

Daarna was haar liefde voor dieren aan de beurt. Ja, hèhè. Anders was je geen lid van het Wereldnatuurfonds. Maar de mensen in de zaal hadden allemaal een plaat voor hun kop en klapten en klapten.

De sessie werd pas echt boeiend toen Nigel een letter doorkreeg. Een j, beweerde hij.

Teddie fronste haar voorhoofd.

'Of, nee, nu zie ik het beter,' zei Nigel. 'Het is de w.'

Boven Teddies hoofd verscheen een denkwolkje met 'aha' erin. Nou ja, niet echt natuurlijk, maar iemand met een beetje röntgenogen zou het moeten kunnen zien.

Ja, hoor. Nigel hapte.

'Je kent iemand wiens naam met een w begint?' Hij keek vanuit zijn ooghoeken naar Teddie. 'Wo, wa…'

'Walter?' zei Teddie.

'Walter!' riep Nigel blij. 'Ja, zijn beeld wordt steeds scherper en hij wil je graag iets vertellen.'

'Oké.'

'Is Walter familie?'

'Niet dat ik weet.'

'Maar hij voelt wel als familie?'

'Sorry, hoor,' zei Teddie. 'Maar waarom vraagt u dat allemaal? U kunt toch ook gewoon mijn gedachten lezen?'

Het werd doodstil in de zaal. Ik kneep in Ingrids arm.

'Natuurlijk, maar...' Nigel werd een tikkeltje rood. 'Wil jij dan misschien iets aan Walter vragen?'

'Mij best.' Teddie stak haar hand op. 'Hoi, Walter. Hoe is het met je?'

Ik beet op mijn hand om het niet uit te proesten.

Nigel staarde voor zich uit. Hij mompelde en knikte alsof hij met een onzichtbare Walter praatte. Toen keek hij weer naar Teddie. 'Het gaat goed met hem. Hij zegt dat je je geen zorgen meer hoeft te maken. Hij heeft het je vergeven.'

'Wat heb ik dan gedaan?' vroeg Teddie.

'Waarschijnlijk heb je het verdrongen.' Nigel had zijn zelfvertrouwen weer helemaal terug. 'Was er niet ooit een ruzie, een conflict vanwege...'

Hij gluurde naar Teddie maar die gaf geen sjoege. Toen legde hij zijn hand op zijn hart. 'Ik voel liefde en vergiffenis.'

Ik keek naar Teddies gezicht en voelde dat er een ontmaskering aan zat te komen.

'Sorry, hoor,' zei ze weer. 'Maar ik kén helemaal geen Walter. Hoe kunt u dan boodschappen van hem doorkrijgen?'

Het werd zo stil in de zaal dat je een speld kon horen vallen. Nigel schoof zenuwachtig op zijn stoel heen en weer. Toen herstelde hij zich en ging staan.

'Walter?' vroeg hij met zijn hoofd schuin alsof hij ingespannen luisterde. 'Dus jouw boodschap is niet voor Teddie bedoeld, maar...' Hij keek recht in de camera. 'Als er thuis iemand zit te kijken die Walter kent? Iemand die Sofie heet. Walter zoekt op deze wijze contact met je.'

Nigel was een medium van niks, maar wel een fantastische acteur. Binnen drie minuten had hij de hele zaal weer in zijn broekzak.

De sterke mannen droegen Teddie het podium weer af.

'Tssss,' deed ze.

'Eén troost.' Ik gaf haar een klopje op haar arm. 'Je komt in ieder geval op tv.'

We keken met zijn allen bij Teddie thuis.

'Kijk, Lieske, daar zitten mama en tante Teddie!' Ingrid wees naar het scherm.

'En Maud!' gilde mijn moeder alsof ik Madonna was en zij mijn grootste fan.

Gelukkig was het maar een flits, toen stapte Rita met het poedelhaar het podium op.

'Hierna kom ik,' zei Teddie opgewonden.

Dus niet. Na Rita kwam het hoofd van Nigel in beeld. Hij keek recht de huiskamer in. 'Als er thuis iemand zit te kijken, die Walter...'

'Oooo!' riep ik verontwaardigd. 'Ze hebben je eruit geknipt!' Teddies moeder zette het geluid van de tv zachter en schonk nog een keer koffie in. Haar man ging rond met een trommel Chocoprinsen.

'Waarom werd het deze keer eigenlijk niet rechtstreeks uitgezonden?' vroeg mijn moeder. 'Dat doen ze anders altijd wel.'

Teddie zuchtte. 'Geen idee.'

'Puur toeval.' Mijn vader haalde zijn koek uit het zilverpapier en grinnikte. 'Of denken jullie soms dat Nigel in de toekomst kan kijken?'

Ik keek naar de röntgenogen die dwars door het tv-scherm heen leken te priemen en kreeg kippenvel.

Kerst met een luchtje

'Kalkoen?' riep Teddie vol afschuw. 'Die beesten zien er levend al gruwelijk uit.'
Ik dacht aan kale nekken met lellen eraan en knikte. 'Doe mij maar een hamburger met patat.'
'Bij een echte kerstmaaltijd hoort kalkoen,' zei Teddies moeder stellig.
'Met een vulling van kalfsgehakt, paddenstoelen en truffels.' Teddies vader klakte met zijn tong. 'En dan serveren we er spruitjes, kastanjes, stoofpeertjes en aardappelkroketjes bij.'
Spruitjes! Ik begon het steeds minder leuk te vinden dat mijn ouders en ik ook voor het kerstdiner waren uitgenodigd.
Teddies moeder pakte haar portemonnee. 'Halen jullie de bestelling op? Bij poelier Beentjes in de Hoofdstraat.'

Er woei een ijskoude wind. Teddie en ik hadden ons als eskimo's ingepakt, maar onze neuzen vroren er zo ongeveer af.
'Ach, gut,' zei Teddie toen we langs het park kwamen.
Ik wist meteen wat ze bedoelde. Of beter gezegd: wie. Op een bankje zat een zwerfster met rode piekharen te rillen van de kou. Ze droeg een trui met een scheur erin en haar broekspijpen waren veel te kort. Ik zag een heel stuk blote witte huid met kippenvel. Haar gele sokken leken op gatenkaas en ze had geen schoenen aan maar sandalen.

'Straks krijgt ze nog een blaasontsteking,' fluisterde ik bezorgd.

Teddie knikte. 'Of wintertenen.'

Naast de zwerfster stond een winkelwagentje met lege flessen, een vuilniszak en oude kranten. Ik dacht aan de met kerstinkopen volgeladen karretjes bij Albert Heijn en kreeg een brok in mijn keel. 'Zou ze geen familie hebben?' vroeg ik.

'Vast niet.' Teddie duwde haar Tedmobile vooruit. 'Je laat je moeder toch niet bevriezen in het park?'

Ik moest meteen aan het sprookje van het meisje met de zwavelstokjes denken. Stel je voor dat die zwerfster...

'Poelier Beentjes,' zei Teddie. 'Daar is het.'

Tien minuten later lagen er twee gigantische kalkoenen met pukkeltjesvel op Teddies schoot. Ze had allebei haar handen nodig om ze vast te houden, dus moest ik de Tedmobile duwen. Weer kwamen we langs het park. De zwerfster zat niet meer op het bankje maar rommelde in een vuilnisbak. Ze haalde iets tevoorschijn wat er nog smeriger uitzag dan een kalkoen.

'Zooo zielig,' fluisterde ik.

'Nou,' zei Teddie. 'En dan ook nog met kerst.' Ze zoog op haar lip en keek me ineens stralend aan. 'Maud, stoppen! Ik heb ineens een superidee.'

Ik wilde uitleggen dat een zwerfster heus niks met een rauwe kalkoen kon, maar Teddie riep al: 'Mevrouw!'

De zwerfster grijnsde haar rotte tanden bloot. 'Zeg maar Truus, hoor.'

'Mevrouw Truus,' zei Teddie. 'Hebt u al plannen voor de kerstmaaltijd?'

Truus lachte meteen niet meer. 'Is dit een mop of zo?'

'Helemaal niet.' Teddie wees naar de kalkoenen op haar schoot. 'Lust u kalkoen?'

Truus was even perplex.

'Dan wil ik u graag uitnodigen,' vervolgde Teddie. 'Om halfzeven in de Ooievaarstraat op nummer negentien.'
Toen was ik ook perplex.
'Met kerst moet u niet in uw eentje in een ongezellig, kil en donker park gaan zitten.' Teddie knikte Truus vriendelijk toe. 'Komen, hoor. U bent van harte welkom.'
Wat een wereldidee! Maar ik werd ook meteen zenuwachtig. Wat zouden Teddies ouders zeggen als er ineens een zwerfster op de stoep stond? Ik dacht niet...
'Karren, Maud,' commandeerde Teddie. 'Ik krijg het koud.'
Ik pakte de handvatten beet en duwde de Tedmobile vooruit.
'En als je ouders het nou niet goed vinden?' vroeg ik zodra we buiten gehoorsafstand van Truus waren.
'Bij een echte kerst hoort een goede daad,' vond Teddie.

Teddies vader vulde de kalkoenen en reeg daarna met keukendraad heel precies – hij kon wel chirurg worden! – de buikholtes dicht. Toen bedekte hij ze met boter en schoof ze in de voorverwarmde oven. 'Zo, en nu de peertjes schillen.'
'Ik... eh,' begon Teddie.
Maar haar moeder zette net de mixer aan en dat gaf zo veel herrie dat we elkaar nauwelijks meer konden verstaan, dus gingen we eerst de tafel maar dekken.
'Dat is een bord te veel,' zei Teddies moeder.
'Nee, hoor.' Teddie probeerde opgewekt te klinken. 'We krijgen nog een extra gast.'
Haar moeders wenkbrauwen wipten omhoog. 'Wie dan?'
'Truus,' zei ik. 'Een... eh...'
'Een vrouw alleen,' ratelde Teddie. 'Ik heb haar uitgenodigd, anders moest ze in haar uppie kerst vieren.'
Haar moeder trok een zuinig gezicht. 'Ik ken geen Truus.'
'Maar wij wel.' Teddie zwiepte wild met haar armen en sloeg bijna een wijnglas van tafel. 'Het is kerst, mam. Dan

moet je ook aan anderen denken. Aan mensen die het minder goed hebben dan wij.'

Haar moeder schudde haar hoofd. 'Zeker iemand uit het bejaardentehuis waar jullie een keer hebben geholpen?' Ze zuchtte. 'Vooruit dan. Maar overleg volgende keer eerst even voordat je zoiets doet.'

Om halfzeven zaten we allemaal aan tafel. Mijn ouders hadden zich opgedoft alsof ze in een vijfsterrenrestaurant gingen eten.

Teddies moeder keek op haar horloge. 'Weet je zeker dat Truus komt?'

Trrrr, deed de bel.

'Daar is ze!' Teddie racete naar de voordeur om open te doen.

'Kan ik mijn wagen in de gang parkeren?' hoorden we Truus vragen.

Ik zag iedereen denken: in de gang?

'Het is een winkelwagentje,' fluisterde ik

'Maar...' begon Teddies moeder, die er ineens heel ongemakkelijk uitzag.

'Hier is ze dan.' Teddie kwam met Truus de kamer in.

Iedereen hapte naar adem.

'Goedenavond samen,' zei Truus. 'Vriendelijk bedankt voor de uitno...'

Toen ging de bel opnieuw.

'Wie kan dat nou zijn?' Teddie ging weer opendoen.

Oeps! Er kwamen drie mannen in smoezelige kleren binnen. Ze stonken een uur in de wind.

'Willem,' stelde de langste man zich voor. 'En dat zijn Karel en Marcel. We hoorden van Truus dat we hier konden aanschuiven.'

Teddies vader werd knalrood. 'Het spijt me, maar...'

'Het is fantastisch dat er nog mensen zijn die met kerst aan anderen denken,' zei Karel en hij plofte op een stoel.

Teddies ouders keken elkaar wanhopig aan. 'Ik had niet op zo veel gasten gerekend,' mompelde Teddies vader.

'We zijn maar kleine eters.' Marcel knikte beleefd. Hij had een baard waar de kerstman jaloers op zou zijn.

Teddie mompelde iets over kerst en eerlijk delen en vrede op aarde.

Haar moeder kreunde. 'Ik haal een paar stoelen.'

Het was een beetje passen en meten, maar ten slotte zat iedereen om de grote tafel. Teddies moeder zette extra glazen en borden neer. Haar handen trilden en ze had rode blosjes van de zenuwen. Teddies vader schonk wijn in. Teddie en ik kregen cola. Truus klokte haar glas in één keer leeg. Er werden garnalencocktails geserveerd. Ik lust geen garnalen, maar Karel knipoogde samenzweerderig en ruilde toen niemand keek – mooi zo! – zijn lege glas met dat van mij.

Daarna kregen we koninginnesoep. Truus slurpte zachtjes. Marcel at heel netjes, met zijn pink omhoog. Willem vertelde moppen en tegen de tijd dat de kalkoenen op tafel kwamen, was het heel gezellig. Er was maar één nadeeltje: de zwervers roken bepaald niet naar dennengeur. Ik probeerde door mijn mond te ademen, wat niet meevalt als je eet. Truus verslond alle spruitjes en liet een boertje. De kalkoenen verdwenen als sneeuw voor de zon en er waren veel te weinig aardappelkroketjes voor iedereen. Gelukkig kreeg Teddie weer een superidee: 'Maud en ik eten wel frites.'

We gingen ze meteen bakken. Er lagen ook nog hamburgers in de diepvries. Teddie en ik peuzelden alles op in de keuken. Daar rook het tenminste lekker, naar frituurvet.

'Bedankt,' zei Willem na het toetje. 'We moesten maar weer eens gaan.'

'Het was een kerst om nooit te vergeten.' Truus gaf Teddies vader een hand. Hij veegde hem stiekem af aan het tafelkleed.

Teddies moeder holde naar boven en kwam terug met een slaapzak, een paar dekens en wat kleren. 'Dan hebben jullie het in ieder geval warm.'

'Ze kunnen toch ook wel blijven logeren?' stelde Teddie voor. Haar vader keek haar aan alsof hij haar wilde wurgen.

'We kunnen vannacht bij de daklozenopvang slapen,' zei Marcel.

'Verzorgen ze daar dan geen kerstmaaltijd?' vroeg mijn moeder met haar hand voor haar neus.

'Jawel, maar daar krijg je alleen maar snert.' Truus wreef over haar buik. 'Zonder wijntje.'

Zodra de gasten waren vertrokken, gooide Teddies moeder alle ramen open om de kamer te luchten.

'Koud,' klaagde Teddie.

Nou en of! We konden net zo goed op een bankje in het park gaan zitten.

'Dat had je maar eerder moeten bedenken,' mopperde haar moeder. 'Hoe kom je op het idee om een stel zwervers uit te nodigen!'

Het was even stil. Toen kwam er een zacht gegrinnik uit mijn vader. 'Nou ja. Het was wel een mooie kerstgedachte.'

'Precies.' Teddie keek apetrots in het rond. 'Dit is de bijzonderste kerst die we ooit hebben gehad.'

Ik kneep mijn neus dicht en grijnsde. 'Maar wel een met een luchtje.'